William Malone Baskervill

Andreas

The Legend of St. Andrew

William Malone Baskervill

Andreas
The Legend of St. Andrew

ISBN/EAN: 9783337152833

Printed in Europe, USA, Canada, Australia, Japan

Cover: Foto ©Andreas Hilbeck / pixelio.de

More available books at **www.hansebooks.com**

ANDREAS:

A LEGEND OF ST. ANDREW

EDITED

WITH CRITICAL NOTES

BY

W. M. BASKERVILL, A.M., Ph.D. (Lips.),

PROFESSOR OF ENGLISH LANGUAGE AND LITERATURE,
VANDERBILT UNIVERSITY.

BASED ON THE MANUSCRIPT.

GINN & COMPANY

BOSTON · NEW YORK · CHICAGO · LONDON

TO

My Teachers in English,

THOMAS R. PRICE

AND

RICHARD P. WÜLKER.

INTRODUCTION.

THE poem "Andreas" is preserved in the "Codex Vercellensis." In 1832 this Codex was discovered by a German scholar, Dr. Blume, at Vercelli, Italy. Shortly afterward the Record Commission of London had the Codex transcribed, and in 1836 the two most important poems in it, "Andreas" and "Elene," were published, under the editorship of Benjamin Thorpe, as Appendix B to Mr. Cooper's report. In 1839 the historian Lappenberg, having procured a copy of this publication, sent it to Jacob Grimm, thus giving him the pleasure of seeing "Andreas" and "Elene" for the first time. In 1840 Grimm's excellent edition of these poems appeared, which was based entirely on Thorpe's edition. These two editions were soon followed by Kemble's, which appeared in 1843, with a complete English translation. Again, in 1858, "Andreas" was published, and this time it appeared in that monumental work, "Bibliothek der Angelsächsischen Poesie," which the brilliant (young) scholar, C. W. M. Grein, completed before his untimely death.

In one very important respect the present edition differs from all the foregoing, except Thorpe's. It is based directly on the Ms. In 1884 Prof. Richard P. Wülker of Leipzig made a minute and painstaking collation of the Ms. with the printed text, and as he did this with his own hand, the readings are believed to be thoroughly trustworthy. Soon after his return from Vercelli he sent the present editor (one of his former pupils) this collation, and on it the American edition of the poem is based. Grimm's, Grein's, and Kemble's editions have been freely used. The chief canon of criticism followed has been to adhere to the reading of the Ms. wherever it was possible. This has led to a wide divergence from the other editors in several places, and it is hoped that in consequence thereof a better text is here given than has heretofore existed.

Till recently "Andreas" was believed to be the work of a poet Cynewulf. Who Cynewulf himself was, scholars are not agreed. Hence it matters little whether the author bore that or some other name. It is, however, of some moment to know that "next to 'Beówulf,' 'Andreas' and 'Elene' are the oldest and most instructive productions of Anglo-Saxon poetry."[1] And it is in their poetry that we get at the real life of our forefathers. In it their stubborn nationality most thoroughly shows itself. "Even translations become originals, from the all-pervading Teutonic spirit which was unconsciously preserved in the forms and phrases of heathen poetry."[2]

CONTENTS.

" After the death of Christ the Apostles had divided the whole world among themselves, as scenes of missionary exertion. Matthew had visited the Mermedonians, a race of sorcerers and anthropophagi, who devoured every stranger that landed on their shores. The saint had, like all their victims, been cast into prison together with a multitude of men and women, who appear to belong to his company. According to their custom they had put out his eyes, and given him to drink a potion which reduces man to the level of the beasts, and causes him to feed on grass and hay like the cattle of the field. But from this fate his faith appears to have saved him: he prays to God that he may not lose

[1] Jacob Grimm.   [2] J. M. Kemble.

the intellect by which he is enabled to glorify his Creator; and he receives by a voice from heaven the gracious assurance that his prayer is heard, and that St. Andrew shall be sent to release him from his misery. To this saint a command is now delivered to set out for Mermedonia, which dangerous undertaking he at first attempts to decline; but being rebuked by God, he manfully addresses himself to his journey with a number of selected comrades. At the sea-shore he sees a boat with three rowers, who, being interrogated as to their country, reply that they are from Mermedonia, whither they are about to return. Andrew requests a passage, which they are willing to give, on condition of payment. On hearing however that the saint and his companions have no gold and silver, and are servants of Jesus Christ, the strangers agree to take them gratuitously to Mermedonia. The three rowers are in fact Almighty God and two of his angels. During the voyage Andrew is induced to relate various events in the life of his master, for the instruction of the supposed steersman and the edification of his own comrades. One of these episodes is of importance to the history of the poem. According to St. Andrew, the Jews having demanded a sign of the Saviour and a proof of his divine descent, Jesus performed a great miracle to confound them. On the walls of the temple, to left and right, were carved two images of the Seraphim[1]: these the Saviour caused to descend from their places, and endowed them with speech; he then sent them over the desert to the plain of Mamre, where Abraham, Isaac, and Jacob were buried, commanding them to call the patriarchs from their graves, that they might bear witness to him. This is done, and the reanimated remains are not dismissed to their repose till they have testified that Jesus is indeed the Christ, the Son of the Living God.

"A deep sleep falls upon St. Andrew and his comrades;

[1] Teraphim?

during which they are laid upon the shore of Mermedonia, when it is first revealed to them who has been the guide of their journey. Invisible to all eyes, the saint advances to the prison where St. Matthew and his companions languish. On his arrival the guards fall down dead; sight is restored to the blind apostle, who departs with his whole company, praising God. The next day is the one on which, according to their custom, the cannibals assemble to slaughter and eat some of their captives; they find the prison open, the jailers dead, and their prey escaped. Horror and despair seize upon them: they are reduced to the necessity of choosing a victim from among themselves by lot. The heavy doom falls upon an old man, a principal councillor among them, who to redeem his own life offers his young son for sacrifice. But this awakens the compassion of St. Andrew, who miraculously blunts the weapons that are directed against the youth, and rescues him from death. While the confusion and terror of the Mermedonians are at the highest, a fiend, watchful for opportunities to molest the servants of God, calls attention to the apostle, whom he denounces as the rescuer of St. Matthew and the cause of their present trouble. On this the saint is seized and imprisoned, and for several days grievously tormented by being dragged over the rough ways, till the flesh is torn from the bones: in his prison, devils revile and scoff him, but he defeats them by a steadfast faith, and drives them from him in confusion. At length his patience gives way under the intensity of torture; he remonstrates with God, praying for speedy death, and is told that his martyrdom is accomplished. He now calls a mighty flood, which sweeps away the most active of his tormentors. The rest, stricken with terror, are converted, instructed, and baptized; and after remaining with them for a season, St. Andrew sets sail and returns to Achaia."—J. M. KEMBLE.

BIBLIOGRAPHY.

πράξεις 'Ανδρέου καὶ Ματθαίου (first published by Thilo, 1847. Most accessible now in Konst. Tischendorf's "Acta apostolorum apocrypha," Leipzig, 1851).

Appendix B to Mr. Cooper's Report (edited by Benjamin Thorpe). 1836.

Andreas und Elene. Von Jacob Grimm. 1840.

Poetry of the Codex Vercellensis. By J. M. Kemble. 1843.

Bibliothek der angelsächsischen Poesie. Von C. W. M. Grein. 1858.

Zur Textkritik der angelsächsischen Dichter. C. W. M. Grein in Pfeiffer's *Germania*, Bd. 10, p. 423.

Francisci Dieterichi Commentatio de Cynewulfi poetae aetate. Marburger Universitäts-schrift. 1859.

Das angelsächsische Gedicht Andreas und der Dichter Cynewulf. Arthur Fritsche. *Anglia*, Bd. 2, 1879.

Earle, Ten Brink, and others, discuss "Andreas" in their works on Old-English literature.

TRANSLATIONS.

Kemble's edition contains a complete translation.

Dichtungen der Angelsachsen stabreimend übersetzt. C. W. M. Grein. 1859. Vol. II., pp. 1–46.

This Bibliography is taken from the "Grundriss zur Geschichte der angelsächsischen Litteratur." By Prof. R. P. Wülker. Leipzig, 1885. pp. 187–189.

ANDREAS:

A LEGEND OF ST. ANDREW.

I. Matthew's Lot.

H WÆT! wê gefrunan on fyrndagum
    twelfe under tunglum tîrêadige hæleð,
þéodnes þegnas: nô hira þrym âlæg
campræðenne, þonne cumbol hnêotan,
5 syððan hîe gedêldon, swâ him dryhten sylf,
heofona hêahcyning, hlyt getæhte.
Þæt wêron mêre men ofer eorðan,
frome folctogan and fyrdhwate,
rôfe rincas, þonne rond ond hand
10 on herefelda helm ealgodon,
on meotudwange. Wæs hira Matheus sum,

ABBREVIATIONS.— Gm. = Grimm. Gn. = Grein. Ettm. = Ettmüller.
K. = Kemble. Ms. = Manuscript.

1. Gm. and K. gefruuon. Here, as often elsewhere, Grimm gives the Ms. reading in a footnote, though he changes the word in the text.

4. Ms. camrædenne; K. hneoton, [1] Gn. hneotan, Gm. and [2] Gn. hneótan, Ms. hneotan.

5. Gm. and K. siððan.

6. Ms. lyt.

7. Ms. þ.

8. Ms. 7 = ond, and so generally in this poem.

11. Ms. wæs, matheus. All proper names in the Ms. begin with a small letter. Capitals are seldom found in the Ms.

sé mid Iudéum ongan godspell ǽrest
wordum wrítan wundorcræfte ;
þám hálig god hlyt getéode
15 út on þæt ígland, þǽr ǽnig þá git
ellþéodigra éðles ne mihte
blǽdes brúcan.   Oft him bonena hand
on herefelda hearde gescéode.
Eal wæs þæt mearcland morðre bewunden
20 féondes fácne, folcstede gumena,
hæleða éðel.   Næs þǽr hláfes wist
werum on þám wonge, ne wæteres drynce
tó brúconne ; ah híe blód ond fel,
fira flǽschoman feorran cumenra,
25 þégon geond þá þéode.   Swelc wæs þéaw hira,
þæt híe ǽghwylcne ellþéodigra
dydan him tó móse meteþearfendum,
þára þe þæt éaland útan sóhte.
Swylc wæs þæs folces freoðoléas tácen,
30 unlǽdra eafoð, þæt híe éagena gesihð,
hettend heorogrimme, héafodgimme
ágéton gealgmóde gára ordum.
Syððan him gebléndan bitere tósomne
drýas þurh dwolcræft drynce unhéorne,
35 sé onwende gewit, wera ingeþanc

---

12. Iudeum, Ms. Gn., Gm., Zupitza, and others, print *J* for *I* before
vowels.   After ǽrest rasure.
18. Ms. and Gn. gescéode, Gm. and K. gescéód.
23. Ms. brúconne, Gm., Gn., and K. brúcanne.   7 fel upon a
rasure.
25. geon- upon a rasure.
27. Gm. and K. dydon.
31. Ms. hetted.
32. Ms. ágeton, Gm. and K. águton, Gn. ágéton.
33. Gm. and K. siðð̄an ; Ms. geblondan, Gm. and K. gebléndon,
Gn. gebléóndan
34. *d* in dryne defaced though legible.

heortan hreðre ; hyge wæs oncyrred,
þæt hie ne murndon æfter mandréame,
hæleð heorogrǽdige, ac hie hig ond gærs
for meteléaste móðe gedrehte.

II. Blinded and Cast into Prison. — His Prayer.

40 þá wæs Matheus tó þǽre mǽran byrig
cumen in þá ceastre.   Þǽr wæs cirm micel
geond Mermedonia, mánfulra hlóð,
fordénera gedræg, syððan déofles þegn
geáscodon æðelinges síð.

45 Éodon him þá tógénes gárum gehyrsted
lungre under linde, nalas late wǽron
eorre æsceberend to þám orlege.
Hie þám hálgan þǽr handa gebundon
ond fæstnodon féondes cræfte,

50 hæleð hellfúse, ond his héafdes segl
ábréoton mid billes ecge.   Hwæðre hé in bréostum þá git
herede in heortan heofonrices weard,
þeah þe hé átres drync atuluc onfenge ;
éadig ond onmód hé mid elne forð

---

36. *he* in **heortan** defaced though legible.

37. Gn. **murndan.**

39. Gm., ¹Gn., and K. **gedrêhte**; ²Gn. **gedrehte.** See Cook's Sievers' Grammar of Old English, § 407, *b.*

43. Gm., Gn., and K. **siððan.** After þegn a page of the Ms. has been cut out, "But neither in the context nor in the Greek original is anything missing." Grein; Gm. and K. leave a vacant space.

46. Gm., Gn., and K. **nalæs.**

51. Gm. and K. **âbruton,** Ms. and Gn. (text) **âbreoton** (= âbreotton, *cf.* Lye), Gn. (Gloss.) **âbreóton**; þá git discolored and defaced, though legible.

54. Gm. and K. **ânmôd.**

55 wyrðode wordum wuldres aldor,
   heofonrices weard, hâlgan stefne
   of carcerne. Him wæs Cristes lof
   on fyrhðlocan fæste bewunden.
   Hê þâ wêpende wêregum tearum
60 his sigedryhten sârgan reorde
   grêtte, gumena brego, gêomran stefne
   weoruda wilgeofan, ond þus wordum cwæð:
   " Hû mê elþêodige inwitwrâsne,
   searouct, sêoðað ! â ic symles wæs
65 on wega gehwâm willan þînes
   georn on môde ; nû þurh geohða sceal
   dæde fremman, swâ þâ dumban nêat !
   þû âna canst ealra gehygdo,
   meotud mancynnes, môd in hreðre.
70 Gif þîn willa sîe, wuldres aldor,
   þæt mê wærlogan wæpna ecgum,
   sweordum, âswebban, ic bêo sôna gearu
   tô âdrêoganne þæt þû, drihten mîn,
   engla êadgifa, êðellêasum,
75 dugeða dædfruma, dêman wille.
   Forgif mê tô âre, ælmihtig god,
   lêoht on þissum lîfe, þý lês ic lungre scyle,
   âblended in burgum æfter billhete,
   þurh hearmcwide heorugrædigra,
80 lâðra lêodsceaðena, leng þrôwian
   edwitsprêce. Ic tô ânum þê,
   middangeardes weard, môd staðolige,

---

64. Ms. and ²Gn. seoðað, Gm., ¹Gn., and K. seowað; Gm. and
K. simles.

67. Gm. and K. dæda.

71. *l* erased after *o* in **wærlogan**, Ms. **wæpna**, Gm. **wæfna**, Gn.
gives as Ms. **wæfna**, though he places **wæpna** in the text.

73. Gm. and K. **dryhten.**

80. Gn. **þreowian.**

fæste fyrhðlufan ond þê, fæder engla,
beorht blædgifa, biddan wille,
85 þæt þû mê ne gescyrige mid scildhetum,
werigum wrôhtsmiðum, on þone wyrrestan,
dugoða dêmend, dêað ofer eorðan."

III. The Answer. — Public Meeting of the Cannibals.

Æfter þyssum wordum côm wuldres tâcen
hâlig of heofenum, swylce hâdre segl,
90 tô þâm carcerne; þær gecýðed wearð,
þæt hâlig god helpe gefremede.
þâ wearð gehŷred heofoncyninges stefn
wrætlîc under wolcnum. wordhlêoðres swêg
mêres þêodnes; hê his maguþegne
95 under hearmlocan hêlo ond frôfre
beadurôfum âbêad beorhtan stefne:
"Ic þê, Matheus, mîne sylle
sybbe under swegle. Ne bêo þû on sefan tô forht,
ne on môde ne murn. Ic þê mid wunige
100 ond þê âlŷse of þyssum leoðubendum,
ond ealle þâ menigo þe þê mid wuniað
on nearonêdum. þê is neorxna wang,
blêda beorhtost, boldwela fægrost,
hâma hyhtlîcost, hâlegum mihtum
105 torht outŷned; þær þû tîres môst

---

85. Gn. -hâtum ? *Gr.* (footnote).
87. The corner edge of fol. 30 of the Ms. is gone, though the text is not damaged.
89. Gm., Gn., and K. sægl.
93. Gm. **word hleôðres**, while **swêg** begins l. 94.
99. Ms. **ne ne murn.**
101. Second þe above the line by like hand.
105. Ms. **tîres**; Gn. and Gm. give as Ms. reading **tyres.**

tô wîdan feore willan brûcan.
Geþola þéoda þréa ; nis séo þrâh micel,
þæt þé wærlogan wîtebendum
synne þurh searocræft swencan môtan.
110 Ic þé Andreas ædre onsende
to hléo ond tô hrôðre in þás hæðenan burg.
Hé þé âlŷseð of þyssum léodhete.
Is tô þære tîde tælmet hwîle
emne mid sôðe seofon ond twentig
115 nihtgerîmes, þæt þû of nêde môst,
sorgum geswenced, sigore gewyrðod,
hweorfest of hénðum in gehyld godes.''
Gewât him þá se hâlga helm ælwihta,
engla scyppend, tô þám uplican
120 éðelrîce, — hé is on riht cyning,
staðolfæst stŷrend in stôwa gehwâm.
Þá wæs Matheus miclum onbryrded
nîwan stefne.   Nihthelm tôglâd,
lungre leorde, léoht æfter côm,
125 dægrédwôma.   Duguð samnade,
hæðne hildfrecan. héapum þrungon
(gûðsearo gullon, gâras hrysedon)
bolgenmôde under bordhréoðan.
Woldon cunnian,hwæðer cwice lifdon
130 þá þe on carcerne clommum fæste
hléoléasan wîc hwîle wunedon,

---

109. Gm. and K. môton.
112. Gm. and K. þissum; Gm. âlŷsed, misprint?
116. ²Gn. after gewyrðod (sc. wesan).
118. Ms. ge him, Gm. and K. gewât, Gn. ge[wât].
119. Gm. and K. scippend.
120. Ms. eðelrîce and a character that resembles 7, though it may
be s. Gn. "éðel rîces, Ms.; éðel uninflected dative? éðelrîce, Edd.";
Gn. "onriht, on riht, Edd." Gm. and K. éðelrîce.
122. Ms. DA.

hwylene hîe tô ǽte ǽrest mihton
æfter fyrstmearce feores berǽdan.
Hæfdon hîe on rûne ond on rîmcræfte
135 âwriten wælgrǽdige wera endestæf,
hwænne hîe tô môse metepearfendum
on pǽre werpéode weorðan sceoldon.
Cirmdon caldheorte, corðor ôðrum getang,
rêðe rǽsboran ; rihtes ne gîmdon
140 meotudes mildse ; oft hira môd onwôd
under dimscûan dêofles lârum,
ponne hîe unlǽdra eafeðum gelŷfdon.
Hîe pâ gemêtton môdes glêawne
hâligne hæle under heolstorlocan
145 bîdan beadurôfne, hwæs him beorht cyning,
engla ordfruma, unnan wolde.
pâ wæs first âgân frumrǽdenne
pinggemearces bûtan prîm nihtum,
swâ hit wælwulfas âwriten hæfdon,
150 pæt hîe bânhringas âbrecan pôhton,
lungre tôlŷsan lîc and sâwle
ond ponne tôdǽlan duguðe ond geogoðe
werum tô wiste ond tô wilpege
fǽges flǽschoman.   Feorh ne bemurndan
155 grǽdige gûðrincas, hû pæs gâstes sîð
æfter swyltcwale geseted wurde !
Swâ hîe symble ymb pritig ping gehêdon

---

133. Gm. and K. firstmearce.
136. Gm. mete pearfendum.
138. Gm., Gn., and K. corðer.
139. Gm. and K. gŷmdon.
142. Ms. and Gm. eaueðum, Gn. and K. eafeðum.
145. Ms. wæs; Gm., Gn., and K. hwæs.
148. Ms., between pingge and mearces, gap without rasure.
154. Gm. and K. bemurndon.
157. Gm. and K. simble; K. gehêgdon; Ms. gehedon.

nihtgerîmes : wæs him néod micel,
þæt hie tôbrugdon blôdigum ceaflum
160 fira flǽschoman him tô fôddorþege.

IV. ANDREW SENT TO THE RESCUE.—HIS EXCUSES AND GOD'S ANSWERS.

Þâ wæs gemyndig sê þe middangeard
gestaðelode strangum mihtum,
hû hê in ellþéodigum yrmðum wunode,
belocen leoðubendum, þe of his lufan âdrég
165 for Ebréum ond Israhélum,
swyice hê Judéa galdorcræftum
wiðstôd stranglîce. Þâ sîo stefn gewearð
gehéred of heofenum, þǽr se hâlga wer
in Achaia, Andreas, wæs.
170 Léode lǽrde on lîfes weg.
Þâ him cirebaldum cininga wuldor,
meotud mancynnes, môdhord onléac,
weoruda drihten ond þus wordum cwæð:
" Þû scealt féran ond frið lǽdan,
175 sîðe gesécan, þǽr sylfǽtan
eard weardigað, éðel healdað
morðorcræftum. Swâ is þǽre menigo þéaw,
þæt hie uncûðra ǽngum ne willað
on þâm folcstede feores geunnan,
180 syððan mânfulle on Mermedonia

---

163. Gm., Gn., and K. wunade.
164. Gm. and K. âdreág, Ms. adreg. Cf. Cook's Sievers' Old English Grammar, § 385, N. 2.
171. Gm., Gn., and K. cyninga.
173. Gm. and K. dryhten.
180. Gm., Gn., and K. sîðð̃an.

onfindað feasceaftne ; þær sceall feorhgedâl
earmlîc ylda cwealm æfter wyrðan.
Þær ic scomian wât þinne sigebróðor
mid þâm burgwarum bendum fæstne.

185 Nû bið fore þréo niht, þæt hê on þære þéode sceal
fore hæðenra handgewinne
þurh gâres gripe gâst onsendan
ellorfûsne, bûtan þû ær cyme."
Ædre him Andreas âgef andsware :

190 "Hû mæg ic, dryhten mîn, ofer déop gelâd
fôre gefremman on feorne weg
swâ hrædlîce, heofona scyppend,
wuldres waldend, swâ þû worde beewist?
Þæt mæg engel þîn éað geféran

195 of heofenum, con him holma begang,
sealte sæstréamas ond swanrâde,
waroðfaruða gewinn ond wæterbrôgan,
wegas ofer wîd land.   Ne synt mê winas cûðe
eorlas elþéodige, ne þær æniges wât

200 hæleða gehygdo, ne mê herestræta
ofer cald wæter cûðe sindon."
Him þâ ondswarude éce dryhten :
"Éalâ Andreas ! þæt þû â woldest
þæs sîðfætes sæne weorðan !

205 Nis þæt unéaðe eallwealdan gode
tô gefremmanne on foldwege,
þæt sîo ceaster hider on þâs enéorisse

---

181. Gm., Gn., and K. sceal.
191. Gm. fore.
192. Gm. and K. scippend.
196. Ms. s ealte sæstearmas, after s rasure of one letter; Gm.,
Gn., and K. -stréamas.
198. 2Gn. wîdland ; Gm. and K. sint.
203. Gn. Eá lâ.
205. K. ealwealdan.

under swegles gang âseted wyrðe,
breogostôl brême mid þâm burgwarum,
210 gif hit worde beewið wuldres âgend.
Ne meaht þû þæs sîðfætes sêne weorðan
ne on gewitte tô wâc, gif þû wel þencest
wið þînne waldend wêre gehealdan,
trêowe tâcen. Bêo þû on tîd gearu ;
215 ne mæg þæs ærendes ylding wyrðan.
Þû scealt þâ fôre gefêran, ond þîn feorh beran
in gramra gripe, þêr þê gûðgewinn
þurh hêðenra hildewôman,
beorna beaducræft, geboden wyrðeð.
220 Scealtû æninga mid ærdæge
emne tô morgene æt meres ende
cêol gestîgan ond on cald wæter
brecan ofer bæðweg. Hafa bletsunge
ofer middangeard mîne, þêr þû fêre."
225 Gewât him þâ se hâlga healdend ond wealdend,
upengla fruma, êðel sêcan,
middangeardes weard þone mêran hâm,
þêr sôðfæstra sâwla môton
æfter lîces hryre lîfes brûcan.

V. ANDREW GOES TO THE SEASHORE. — GOD WITH
TWO ANGELS AWAITING HIM. — THEIR CON-
VERSATION.

230 Þâ wæs ærendę æðelum cempan
âboden in burgum ; ne wæs him blêað hyge,

---

210. Gm. âgenð, misprint ?
213. Gm. and K. wealdend.
216. Gm. and K. fore.
219. Gn. and K. wyrðeð, Ms. and Gm. wyrdeð.
227. Ms. weard.
230. ¹ Gn. cempum, ² Gn. cempau.

ah hê wæs ânrǽd ellenweorces,
heard ond higerôf, nalas hildlata,
gearo gûðe, fram tô godes campe.

235 Gewât him þâ on uhtan mid ǽrdæge
ofer sandhleoðu tô sǽs faruðe
þrîste on geþance ond his þegnas mid
gangan on grêote ; gârsecg hlyncde,
bêoton brimstrêamas. Se beorn wæs on hyhte,

240 syððan hê on waruðe wîdfæðme scip
môdig gemêtte. Þâ côm morgen torht
bêacna beorhtost ofer breomo sneowan,
hâlig of heolstre ; heofoncandel blâc
ofer lagoflôdas. Hê þǽr lidweardas

245 þrymlîce þrŷ þegnas geseah,
môdiglîce menn, on merebâtc
sittan sîðfrome, swylce hîe ofer sǽ cômon.
Þæt wæs drihten sylf, dugeða wealdend,
êce ælmihtig, mid his englum twâm.

250 Wǽron hîe on gescirplan scipfêrendum,
eorlas onlîce ċalîðendum,
þonne hîe on flôdes fæðm ofer fcorne weg
on cald wæter cêolum lâcað.
Hîe þâ gegrêtte sê þe on grêote stôd

255 fûs on faroðe, frægn, reordade :
" Hwanon cômon gê cêolum lîðan,
mâcræftige menn, on merepissan

---

233. Gm. and K. hyge- ; Gn. and K. nalæs.
234. K. compe.
240. Gm. and K. **siððan.**
242. K. **bearhtost.**
243. [1] Gn. **blâc,** [2] Gn. "no comma, for blâc is a verb."
245. K. gesceawode, Gm. and Gn. geseah. There is no gap in the Ms., but this or some other word of like meaning was omitted by the scribe.
248. Gm. and K. dryhten.
255. Gn. frægn interrogationem ? Gm. and K. consider it a verb.

âne ǽgflotan? hwanon éagorstréam
ofer ŷða geweale éowic bróhte?"
260 Him þá ondswarode ælmihti god,
swâ þæt ne wiste, sé þe þæs wordes bâd,
hwæt se manna wæs meðelhégendra,
þe hé þǽr on waroðe wið ingode:
" Wé of Marmedonia mǽgðe syndon
265 feorran geférede; ûs mid flôde bær
on hranrâde héahstefn naca,
snellîc sǽmearh snûde bewunden.
Ôðþæt wé þissa léoda land gesôhton
wǽre bewrecene, swâ ûs wind fordrâf."
270 Him þá Andreas éaðmôd onewæð:
" Wolde ic þé biddan, þéh ic þé béaga lyt
sincweorðunga syllan meahte,
þæt þû ûs gebróhte brante céole,
héa hornscipe ofer hwæles éðel
275 on þǽre mǽgðe; bið þé meorð wið god,
þæt þû ûs on lâde lîðe weorðe."
Eft him ondswarode æðelinga helm
of ŷðlide, engla scippend:
" Ne magon þǽr gewunian wîdférende,
280 ne þǽr elþéodige eardes brûcað,
ah in þǽre ceastre cwealm þrôwiað,
þâ þe feorran þyder feorh geléðað;
ond þû wilnast nû ofer wîdne mere,
þæt þû on þá fǽgðe þîne feore spilde?"

---

260. Gm., Gn., and K. ælmihtig.
261. Gm. and K. se, Ms. and Gn. se ðe.
262. Gm. and ¹Gn. -hegendra, ²Gn. and K. -hêgendra.
263. K. þa; Gn. wið þingode.
268. Ms. þiss.
271. Ms. Ic þe ᵇⁱᵈᵈᵃⁿ þeh Ic; Gm. and K. þeáh.
275. Gm. and K. bŷð.
282. Gm. þlder, K. þlðer.

285 Him þâ Andreas âgef ondsware :
    " Ûsic lust hweteð on þâ léodmearce,
    mycel môdes hiht tô þêre mêran byrig,
    þéoden léofesta, gif þû ûs þîne wilt
    on merefaroðe miltse gecŷðan."
290 Him ondswarode engla þéoden,
    neregend fira, of nacan stefne :
    " Wê þê êstlîce mid ûs willað
    ferigan frêolîce ofer fisces bæð
    efne tô þâm lande, þêr þê lust myneð
295 tô gesêcanne, syððan gê êowre
    gafulrêdenne âgifen habbað,
    sceattas gescrifene, swâ êow scipweardas,
    âras, ofer ŷðbord unnan willað."

VI. Dialogue Between Andrew and God. — *Continued.*

    Him þâ ôfstlîce Andreas wið,
300 wine þearfende, wordum mêlde :
    " Næbbe ic fæced gold ne feohgestrêon,
    welan ne wiste, ne wîra gespann,
    landes ne locenra bêaga, þæt ic þê mæge lust âhwettan
    willan in worulde, swâ þû worde becwist."
305 Him þâ beorna breogo, þêr hê on bolcan sæt,

---

285. Gm. and Gn. as Ms. ages.
286. K. hwæteð.
287. Gm., Gn., and K. micel; Gm. and K. hyht; K. þêrre.
288. Ms. ðus, Gm., Gn., and K. þu us.
295. Gm. and K. siððan.
298. ²Gn. âra.
300. Gn. wineþearfende.
301. Ms. fæcedgold, Gm. fǽtedgold, Gn. fǽted gold, K. fǽted-gold.

ofer waroða geweorp wiðþingode :

"Hû gewearð þê þæs, wine lêofesta,

þæt þû sæbeorgas sêcan woldes,

merestrêama gemet, mâðmum bedæled

310 ofer cald cleofu cêoles nêosan?

Nafast þê tô frôfre on faroðstræte

hlâfes wiste ne hlutterne

drync tô dugoðe?   Is se drohtað strang

þâm þe lagolâde lange cunnað."

315 Þâ him Andreas þurh ondsware

wîs on gewitte wordhord onlêac :

"Ne gedafenað þê, nû þê dryhten geaf

welan ond wiste ond woruldspêde,

þæt þû ondsware mid oferhygdum,

320 sêce sârewide ; sêlre bið æghwâm

þæt hê êaðmêdum ellorfûsne

onenâwe cûðlîce, swâ þæt Crist bebêad,

þêoden þrŷmfæst.   Wê his þegnas synd

gecoren tô cempum.   Hê is cyning on riht

325 wealdend ond wyrhta wuldorþrymmes,

ân êce god eallra gesceafta,

swâ hê calle befêhð ânes cræfte

hefon ond eorðan hâlgum mihtum,

sigora sêlost.   Hê þæt sylfa cwæð,

330 fæder folca gehwæs, ond ûs fêran hêt

geond ginne grund gâsta strêonan :

' Farað nû geond ealle eorðan sceattas

---

309. Ms. bedæleð. After this word a small hole in the parchment.

312. Ms. hlu'terne.

320. Gm. and K. bŷð, Gn. bŷð.

323. Ms. we is; Gm. and K. sind.

328. Gm., Gn., and K. heofon, Ms. hefon. Cf. Beowulf, 1572, of
hefene.

332. Ms. sceattas. The c is a correction from t. Gm., Gn., and
K. sceátas, Gn. as Ms. steatas.

emne swâ wîde swâ wæter bebûgeð,
oððe stedewangas strǽte gelicgað ;
335 bodiað æfter burgum beorhtne geléafan
ofer foldan fæðm : ic éow freoðo healde.
Ne þurfan gé on þá fôre frætwe lǽdan,
gold ne seolfor ; ic éow gôda gehwæs
on éowerne âgenne dôm ést âhwette.'
340 Nû þû seolfa miht sîð ûserne
gehýran hygeþancol ; ic sceal hraðe cunnan,
hwæt þû ûs tô duguðum gedôn wille."
Him þá ondswarode éce dryhten :
" Gif gé syndon þegnas þæs þe þrym âhôf
345 ofer middangeard, swâ gé mé secgað,
ond gé gehéoldon þæt éow se hâlga béad,
þonne ic éow mid geféan ferian wille
ofer brimstréamas, swâ gé bénan sint."
Þá in céol stigon collenfyrhðe,
350 ellenrôfe : æghwylcum wearð
on merefaroðe môd geblissod.
Þá ofer ýða geswing Andreas ongann
mereliðendum miltsa biddan
wuldres aldor, ond þus wordum cwæð :
355 " Forgife þé dryhten dômweorðunga,
willan in worulde ond in wuldre bléd
meotud manncynnes, swâ þû mé hafast
on þyssum sîðfæte sibbe geeýðed ! "

---

337. Ms. **ðurfan**, Gm. and K. **durfon**, Gm. as Ms. **durfan**.
342. Ms. **dugudum**.
344. Gm. and K. **sindon**.
352. Ms. **ÐA**.
354. Before **7** þus a defect in the parchment. Ms. **cwæð**, Gm. and Gn. as Ms. **cwæd**.
356. Gm., Gn., and K. **on worulde**.
358. Gm. and K. **þissum**; Gn. **sybbe**.

VII. The Voyage. — Storm at Sea.

Gesæt him þå se hålga holmwearde néah
360 æðele be æðelum.   Æfre ic ne hýrde
þon cymlicor céol gehladenne
héahgestréonum.   Hæleð insæton,
þéodnas þrymfulle, þegnas wlitige.
Þå reordode rîce þéoden,
365 éce ælmihtig, heht his engel gân
mærne maguþegn ond mete syllan,
fréfran féasceaftne ofer flôdes wylm,
þæt hîe þé éað mihton ofer ýða geþring
drohtað ådréogan.   Þå gedrêfed wearð,
370 onhréred hwælmere ; hornfisc plegode,
glâd geond gârsecg, ond se grêga mæw
wælgîfre wand ; wedercandel swearc.
windas wéoxon, wêgas grundon,
stréamas styredon, strengas gurron,
375 wêdo gewætte ; wæteregsa stôd
þréata þrýðum.   Þegnas wurdon
åcolmôde : ænig ne wênde,
þæt hé lifgende land begête,
þåra þe mid Andreas on éagorstréam
380 céol gesôhte.   Næs him éåð þå gyt,
hwâ þåm sêflotan sund wîsode.
Him þå se hålga on holmwege
ofer ârgeblond Andreas þå git,
þegn þéodenhold, þanc gesægde
385 rîcum ræsboran, þå hé gereordod wæs.
" Þé þissa swæsenda sôðfæst meotud

---

361. Before þon g erased.
362. Gn. in sæton.
367. Gn. féasceafte.
368. Gn. hî.
384. Ms. and [1] Gn. þeoden hold, Gm., and K. þeódne, [2] Gn. þeóden-.

lîfes lêohtfruma lêan forgilde.
weoruda waldend. ond þê wist gife
heofonlicne hlâf, swâ þû hyldo wið mê
390 ofer firigendstrêam frêode gecŷðdest!
Nû synt geþrêade þegnas mîne,
geonge gûðrincas; gârsecg hlymmeð,
geofon gêotende; grund is onhrêred.
dêope gedrêfed; duguð is geswenced.
395 môdigra mægen miclum gebysgod."
Him of holme onewæð hæleða scyppend:
" Lêt nû geferian flotan ûserne
lid tô lande ofer lagufæsten,
ond þonne gebîdan beornas þîne
400 âras on earde, hwænne þû eft cyme."
Edre him þâ eorlas âgêfon ondsware.
þegnas þrohthearde : þafigan ne woldon,
þæt hîe forlêton æt lides stefnan
lêofne lârcow ond him land curon :
405 " Hwider hweorfað wê hlâfordlêase,
gêomormôde. gode orfeorme,
synnum wunde. gif wê swîcað þê?
Wê bîoð lâðe on landa gehwâm,
folcum fracoðe, þonne fira bearn
410 ellenrôfe æht besittað,
hwylc hira sêlost symle gelêste
hlâforde æt hilde, þonne hand ond rond

---

389. Ms. heofonlicne, Gm. and Gn. as Ms. -lice.
390. Gm. and K> firigenstreám.
391. Gm. and K. sint.
393. Gn. and K. geofon, Ms. and Gm. heofon.
394. Ms. dugud.
395. Gm. and K. miclum.
396. Gn. (foot-note) of helme ! Gm. and K. scippend.
401. Gn. âgêfan, Gm. as Ms. agefan.
410. Gm. æht, Gn. and K. æht.
411. K. sêlast; Gm. and K. simle.

on beaduwange billum forgrunden
æt niðplegan nearu þrôwedon."

VIII. Voyage Continued. — God and His Two Disciples Encourage Andrew.

415 Þâ reordade rîce þêoden
wærfæst cining word stunde âhôf:
" Gif þû þegn sîe þrymsittendes
wuldorcyninges swâ þû worde beewist
rece þâ gerŷnu, hû hê reordberend
420 lærde under lyfte.   Lang is þes sîðfæt
ofer fealuwne flôd : frêfra þîne
mæcgas on môde.   Mycel is nû gêna
lâd ofer lagustrêam, land swîðe feorr
tô gesêeanne ; sand is geblonden,
425 grund wið grêote.   God êaðe mæg
heaðolîðendum helpe gefremman."
Ongan þâ glêawlîce gingran sîne
wuldorspêdige weras wordum trymman :
" Gê þæt gehogodon, þâ gê on holm stigon,
430 þæt gê on fâra folc feorh geleddon
ond for dryhtnes lufan dêað þrôwodon
on Æhnyrena êðelrîce,

---

413. Ms. foregrunden.
416. Gm., Gn., and K. cyning.
419. Ms. Rece.
420. Ms. and Gn. þes, Gm. and K. þeos.
422. Gm. and K. micel.
423. Ms. feorr, K. feor ; Gm. lâð.
424. Gn. sund, Ms., Gm., and K. sand.
425. Gn. (foot-note) grand ?
426. Gm. heado-.
430. Ms. þ.

sâwle gesealdon. Ic þæt sylfa wât,
þæt ûs gescyldeð scyppend engla,
435 weoruda dryhten. Wæteregesa sceal
geþŷd ond geþreatod þurh þrŷdcining
lagu lâcende liðra wyrðan.
Swa gesælde iu, þæt wê on sæbâte
ofer waruðgewinn wæda cunnedan
440 faroðridende : frêcne þûhton
egle êalâda ; êagorstrêamas
bêoton bordstæðu ; brim oft oncwæð
fð ôðerre. Hwilum uppâstôd
of brimes bôsme on bâtes fæðm
445 egesa ofer ŷðlid. Ælmihtig þêr,
meotud mancŷnnes, on mereþyssan
beorht bâsnode. Beornas wurdon
forhte on môde ; friðes wilnedon,
miltsa tô mêrum. Þa sêo menigo ongan
450 clypian on cêole ; cyning sôna ârâs,
engla êadgifa ; ŷðum stilde,
wæteres wælmum ; windas þrêade ;
sæ sessade, smylte wurdon
merestrêama gemeotu. Þa ûre môd âhlôh,
455 syððan wê gesêgon under swegles gang

---

433. After sylfa a letter erased.
434. Gm. and K. gescildeð scippend.
436. Gm., Gn., and K. -cyning.
437. On a in lacende a yellow spot, though a is legible.
438. K. þat. Misprint ?
439. Ms. wæda cunnedan ; Gn. and K. wada, Gm. and K. cunnedon.
440. Gm. faroðriðende.
442. K. eft, ²Gn. brûn.
445. Gm. ŷðlið, Ms. and Thorpe -lîd, Gn. as Ms. lîð.
446. Gm. and K. mancŷnnes.
452. Ms. windas, Gm. windes, Gn. as Ms. windes.
453. Ms. sæs essade.

windas ond wêgas ond wæterbrôgan
forhte gewordne for fréan egesan.
Forþan ic ĉow tô sôðe secgan wille,
þæt nêfre forlêteð lifgende god
460 eorl on eorðan, gif his ellen dêah."
Swâ hlĉoðrode hâlig cempa
þĉawum geþancul, þegnas lêrde
ĉadig oreta, corlas trymede,
ôðþæt hîe semninga slêp oferĉode
465 mêðe be mæste. Mere sweoðerade,
ŷða ongin eft oncyrde,
hrêoh holmþracu. Þâ þâm hâlgan wearð
æfter gryrehwîle gâst geblissod.

IX. The Voyage Continued. — Dialogue Between God and Andrew.

Ongan þâ reordigan rêdum snottor,
470 wîs on gewitte wordlocan onspĉonn:
" Nêfre ic sêlidan sêlran mêtte,
mâcræftigran, þæs þe mê þynceð,
rôwend rôfran, rêdsnotterran,
wordes wîsran. Ic wille þê,
475 eorl unforcûð, ânre nû gêna
bêne biddan ; þĉah ic þê bĉaga lyt,
sincweorðunga. syllan mihte,
fætedsinces. Wolde ic frĉondscipe,
þĉoden þrymfæst. þînne. gif ic mehte,

---

458. Ms. to soðe, Gm., Gn., and K. omit tô.
469. Ms. Ⓢgan.
472. A blot on n in þynceð.
473. Gm., Gn., and K. rorend, Ms. rowend.
478. Between freond and scipe either blot or rasure.
479. Ms. mehte, Gm., Gn., and K. mihte.

480 begitan gódne. Þæs þú gife hléotest
    háligne hyht on heofonþrymme,
    gif þú lidwérigum lárna þínra
    ést wyrðest. Wolde ic ánes tó þé,
    cyneróf hæleð, cræftes néosan ;

485 þæt þú mé getæhte, nú þé tír cyning
    ond miht forgef, manna scyppend,
    hú þú wægflotan wære bestémdon,
    sæhengeste sund wísige.
    Ic wæs on gifeðe iu and nú

490 syxtyne síðum on sæbáte
    mere hrérendum, mundum fréorig,
    éagorstréamas : is þys áne má,
    swá ic æfre ne geseah ænigne mann,
    þryðbearn hæleð, þé gelícne

495 stéoran ofer stæfnan. Stréamwelm hwileð,
    béatað brim stæðo ; is þes bát fulscrid,
    færeð fámigheals, fugole gelícost
    glídeð on geofone. Ic georne wát,
    þæt ic æfre ne geseah ofer ýðláfe,

500 on sæleodan syllícran cræft.

---

483. ²Gn. éste wýrðest (gnädig wirst).

486. Gm. and K. scippend.

487. Gm. and K. bestémdan.

489. Gn. (foot-note) gifeð = geofon?

490. Gm. and K. six-, Ms. syx-.

491. Before hrerendum r erased. Gm. and Gn. mere hrérendum. K. and Ms. merehrerendum.

495. Gm., ¹Gn., and K. hwíleð, ²Gn. hwileð from hwelan.

496. Gm. and Gn. brimstæðo, Ms. and K. brim stæðo ; Ms. þes, Gm. and K. þeos ; Ms. fulscrid, Gm. and K. fulscrýd.

497. Ms. and Gn. færeð, K. fareð, Gm. fereð.

498. Gm. and K. geofene.

499. ²Gn. ýðláde.

500. Ms. on sæ leodan, Gm. and K. on sæ lædan, Gn. sæ-leodan.

Is þon gelícost, swá hé on landsceape
stille stande, þǽr hine storm ne mæg
wind áwecgan, ne wæterflódas
brecan brondstæfne ; hwæðere on brim sneoweð
505   snel under segle.   Þú eart seolfa geoug,
wígendra hléo, nalas wintrum fród :
hafast þé on fyrhðe faroðlácende
corles ondsware, ǽghwylces canst
worda for worulde wíslíc andgit."
510 Him ondswarode éce dryhten :
" Oft þæt gesǽleð, þæt wé on sǽláde
scipum under sceálcum, þonne scéor cymeð,
brecað ofer bæðweg brimhengestum.
Hwílum ús on ýðum earfoðlíce
515 gesǽleð on sǽwe, þéh wé síð nesan,
frécne geféran.   Flódwylm ne mæg
manna ǽnigne ofer meotudes ést
lungre gelettan ; áh him lífes geweald
sé þe brimu bindeð, brúne ýða
520 þýð and þréatað.   Hé þéodum sceal
racian mid rihte, sé þe rodor áhóf
ond gefæstnode folmum sínum,
worhte and wreðede wuldras, fylde
beorhtne boldwelan ; swá gebledsod wearð
525 engla éðel þurh his ánes miht.
Forþan is gesýne, sóð orgete,

---

501. Ms. geliccost, lansceape.

504. [1] Gn. bront-, [2] Gn. brond- ; Ms. sneoweð, Gm. and Gn. as Ms. snoweð.

507. Ms. and Gn. -lácende, Gm. and K. -lácendes.

512. After sceálcum a page of the Ms. is cut out, " But there is no break in the sense." Gm. and Gn.

515. Ms. síð nesan, K. nesen, Gm. síðnesan, Gn. síðnésan.

521. Ms. and Gn. raclan, Gm. and K. rædan.

523. Ms. wuldras, Gm., Gn., and K. wuldres.

cûð oncnâwen. þæt þû cyninges eart
þegen geþungen þrymsittendes ;
forþan þê sôna sêholm oncnêow,
530 gârsecges begang, þæt þû gife hæfdes
hâliges gâstes.   Hærn eft onwand,
ârŷða geblond ; egesa gestilde
wîdfæðme wêg ; wædu swæðorodon
seoðþan hîe ongêton. þæt þê god hæfde
535 wære bewunden, sê þe wuldres blæd
gestaðolade strangum mihtum.''
þâ hlêoðrade hâlgan stefne
cempa collenferhð, cyning wyrðude
wuldres waldend. ond þûs wordum cwæð :
540 ''Wes þû gebledsod, brego mancynnes,
dryhten hælend !   Â þîn dôm lyfað !
ge nêh ge feor is þîn nama hâlig,
wuldre gewlitegad ofer werþêoda,
miltsum gemêrsod.   Nênig manna is
545 under heofonhwealfe hæleða cynnes,
þætte âreccan mæg oððe rîm wîte,
hû þrymlîce þêoda baldor,
gâsta gêocend, þîne gife dælest.
Hûru is gesŷne, sâwla nergend,
550 þæt þû þissum hysse hold gewurde
ond hine geongne geofum wyrðodest,
wîs on gewitte ond wordewidum.
Ic æt efenealdum êfre ne mêtte
on môdsefan mâran snyttro.''

---

532. Ms. âr ŷða, Gm. and K. âr ŷða, Dietrich and Gn. âr-ŷða.
535. Ms. bewunde, Gm., Gn., and K. bewunden.
539. Gm. and K. wealdend.
541. Gm. and K. lifað.
546. Gn. (foot-note) mæge?
550. Ms. e in hysse upon a rasure.
552. [1] Gn. wîsan. [2] Gn. wîs (uninflected accusative).
553. Ms. efen-, Gm. and Gn. as Ms. æfen-.

X. Dialogue Continued.—Andreas Gives an Account of Christ's Miracles.

555 Him þâ of céole onewæð cyninga wuldor,
   frægn fromlíce fruman ond ende :
   " Saga þances gléaw þegn, gif þû cunne,
   hû þæt gewurde be werum twéonum,
   þæt þâ ârléasan inwidþancum
560 Iudéa cynn wið godes bearne
   âhôf hearmcwide.   Hæleð unsælige
   ne þær gelýfdon in hira liffruman,
   grome gealgmôde, þæt hê god wære,
   þéah þe hê wundra feala weorodum gecýðde
565 sweotulra ond gesýnra ; synnige ne mihton
   onenâwan þæt cynebearn, sê þe âcenned wearð
   tô hléo ond tô hrôðre hæleða cynne,
   eallum corðwarum.   Æðelinge wéox
   word ond wîsdôm, ah hê þâra wundra â
570 dôm âgende dæl ænigne
   frætre þéode beforan cýðde."
   Him þâ Andreas âgef ondsware :
   " Hû mihte þæt gewyrðan in werþéode,
   þæt þû ne gehýrde hælendes miht,
575 gumena léofost, hû hê his gif cýðde
   geond woruld wîde, wealdendes bearn ?

---

556. Gm. and Gn. **fruma and ende**, Ms. **fruman 7 ende**; so K.

557. On folio 36b there is a yellow spot covering about 12 inches. **gif** (557), **âr-** (559), **wið** (560), **bearne** (560) defaced by spots.

562. Ms. **No ? Ne ?** Gm., Gn., and K. **nô.**

563. First g in **gealg-** defaced by spot, though legible.

564. **-dum ge-** defaced by spot, though legible. K. **fela**; K. **gecýðe.**

569. Gn. and **he.**

573. Ms. **gewyrðan**, Gm. as Ms. **geþyrðan.**

575. [1] Gn. **gife**, [2] Gn. **gif** n. beneficium.

Sealde hê dumbum gesprec; dêafe gehŷrdon;
healtum and hrêofum hyge blissode,
þâ þe limsêoce lange wæron,
580 wêrige, wanhâle, wîtum gebundene;
æfter burhstedum blinde gesêgon;
swâ hê on grundwæge gumena cynnes
manige missenlîce men of dêaðe
worde âwehte. Swylce hê êac wundra feala
585 cynerôf cŷðde þurh his cræftes miht.
Hê gehâlgode for heremægene
wîn of wætere ond wendan hêt
beornum tô blisse on þâ beteran gecynd.
Swylce hê âfêdde of fixum twâm
590 ond of fîf hlâfum fira cynnes
fîf þûsendo: fêðan sêton
reomigmôde, reste gefêgon
wêrige æfter wâðe, wiste þêgon
menn on moldan, swâ him gemêdost wæs.
595 Nû þû miht gehŷran, hyse lêofesta,
hû ûs wuldres weard wordum ond dædum
lufode in life, ond þurh lâre spêon
tô þâm fægeran gefêan, þær frêo môton
êadige mid englum eard weardigan,
600 þâ þe æfter dêaðe dryhten sêcað.”
Þâ gên weges weard wordhord onlêac,
beorn ofer holcan beald reordade:
“ Miht þû mê gesecgan, þæt ic sôð wite,
hwæðer wealdend þîn wundor on corðan,
605 þâ hê gefremede nalas fêam sîðum,
folcum tô frôfre beforan cŷðde,
þær bisceopas ond bôceras

---

593. Ms. **waðe**, K. **wæðe**, Gm. and Gn. **wæðe**.
595. Blot on *se* in **hyse**, and on **leof-**.
597. Also on **-fode in life 7 þurh**.
607. Gm. and K. **biscopas**.

ond caldormenn æht besêton
mæðelhêgende. Mê þæt þinceð,
610 þæt hîe for êfstum inwit syredon ·
þurh dêopne gedwolan dêofles lârum ;
hæleð hynfûse hŷrdon tô georne
wrâðum wêrlogan. Hîc sêo Wyrd beswâc,
forlêole ond forlêrde. Nû hîe lungre sceolon
615 werige mid werigum wræce þrôwian,
biterne bryne on banan fæðme."

XI. DIALOGUE CONTINUED. — AN ACCOUNT OF THE DIVINE CHILD SOUGHT.

Him þâ Andreas âgef ondsware:
"Secge ic þê tô sôðe, þæt hê swîðe oft
beforan fremede folces râswum
620 wundor æfter wundre on wera gesichðe ;
swylce dêogollîce dryhten gumena
folcrêd fremede, swâ hê tô friðe hogode."
Him ondswarode æðelinga helm :
"Miht þû, wîs hæleð, wordum gesecgan,
625 maga môde rôf, mægen þâ hê cŷðde
dêormôd on dîgle, þâ mid dryhten oft,
rodera rêdend, rûne besêton?"
Him þâ Andreas ondsware âgef :

608. Gm. and K. -men ; Gm. æht, Gn. and K. æht.
609. Ms. -hægende, Gm., [1] Gn., and K. hegende, [2] Gn. hêgende;
Gm., Gn., and K. þynceð.
612. Gm., Gn., and K. hinfûse.
614. Ms. and K. ferleole.
615. Gm. and K. wêrige mid wêrigum ; K. wrace, Gm. wræce,
Ms. and Gn. wræce.
616. On 37 b frequent spots.
618. Gm. and K. sage ic.

" Hwæt frinest þû mê, frêa lêofesta,
630 wordum wrætlicum ond þê wyrda gehwære
þurh snyttra cræft sôð oncnâwest?"
Þâ git him wæges weard wiðþingode:
" Ne frine ic þê for tâle nû þurh têonewide
on hranrâde, ac mîn hyge blissað,
635 wynnum wridað þurh þîne wordlæðe
æðelum êcne. Ne com ic âna þæt,
ac manna gehwæm môd bið on hyhte,
fyrhð âfrêfred, þâm þe feor oððe nêah
on môde geman, hû se maga fremede,
640 godbearn on grundum. Gâstas hweorfon,
sôhton sîðfrome swegles drêamas,
engla êðel þurh þâ æðelan miht."
Edre him Andreas âgef ondsware:
" Nû ic on þê sylfum sôð oncnâwe
645 wîsdômes gewit wundorcræfte
sigespêd gescald; snyttrum blôweð
beorhtre blisse brêost innanweard.
Nû ic þê sylfum secgan wille
ôr ond ende, swâ ic þæs æðelinges
650 word ond wîsdôm on wera gemôte
þurh his sylfes mûð symle gehŷrde.

---

631. Gm. and K. snyttru, Ms. snyttra.
633. Ms. frine . . . nu þurh, Gm. and K. ne þurh; Gm. and Gn as Ms. frime.
635. Ms. and Gn. -læðe, Gm. and K. -læde.
637. Ms. gehwæm.
638. Between afrefred and þam stood a word or rasure?
640. Gm. and K. hwurfon.
645. K. -crafte.
649. Ms. ôor.

XII. Andrew's Account.

Oft gesamnodon síde herigeas,
folc unmǽte, tó fréan dóme,
þǽr híe hýrenodon háliges láre.

655 Þonne eft gewát æðelinga helm,
beorht blǽdgifa, in bold óðer,
þǽr him tógénes God herigende,
tó þám meðelstede manige cómon
snottre sele-rǽdend ; symble geféngon

660 beornas blíðheorte burhweardes cyme.
Swá gesǽlde iu, þæt se sigedéma
férde, fréa mihtig. Næs þǽr folces má
on síðfæte sínra léoda
nemne elleffne orettmæcgas

665 geteled tíréadige ; hé wæs twelfta sylf.
Þá wé becómon tó þám cynestóle,
þǽr getimbred wæs tempel dryhtnes
héah ond horngéap hæleðum gefrége,
wuldre gewlitegod. Huseworde ongan

670 þurh inwitþanc ealdorsacerd
herme hyspan, hordlocan onspéon,
wróht webbade : hé on gewitte onenéow,
þæt wé sóðfæstes swaðe folgodon,
lǽston lárcwide ; hé lungre áhóf

657. Gm. tó genes.
659. Gm., Gn., and K. snottere; Gm. sele rǽdend; ¹ Gn. symble,
² Gm. symblé (instr.), " In the Glossary this passage is to be inserted
under symbel (festivitas, etc.) and to be struck out under symble adv."
660. Ms. bl . . heorte.
663. Gm. and Gn. síðfate, Ms. and K. síðfæte.
664. Gm. and Gn. ellefne.
667. From þǽr to dry- discolored. First e in getimbred illegible.
669. Gn. Us worde, Ms., Gm., and K. huseworde.
672. Ms. ongewit†e.

675 wôðe wiðerhŷdig wêan onblonden :
’ Hwæt gê sindon earme ofer ealle menn !
wadað wîdlâstas, weorn gefêrað
earfoðsiða, ellþéodiges nû
bûtan léodrihte lârum hŷrað
680 éadiges orhlytte, æðeling cŷðað,
secgað sôðlîce. þæt mid suna meotudes
drohtigen dæghwæmlîce : þæt is dugnðum cûð,
hwanon þâm ordfruman æðelu onwôcon.
Hê wæs âféded on þysse folesceare,
685 cildgeong âcenned mid his cuéomâgum :
þûs syndon hâten hâmsittende,
fæder ond môdur, þæs wé gefrægen habbað
þurh môdgemynd. Maria ond Joseph.
Sindon him on æðelum ôðere twegen
690 beornas geborene brôðorsybbum
suna Josephes. Simon ond Jacob.’
Swâ hléoðrodon hæleða rêswan,
dugoð dômgeorne, dyrnan þôhton
meotudes mihte.   Mân eft gehwearf,
695 yfel endeléas, þær hit êr ârâs.
Þâ se þeoden gewât þegna héape
fram þâm medelstede mihtum geswîðed,
dugeða dryhten, sécan dîgol land.
Hê þurh wundra feala on þâm wêstenne

676. Gn. syndon.
679. Ms. After *l* in leod rasure.
682. Ms. droht^i gen dæghwæmlîce, K. -hwam-.
684. Gm. and K. þisse.
686. Gm. and K. sindon.
689. Gm. and K. sindon; K. on omitted.
690. Last *e* in geborene discolored; Gm. and K. -sibbum.
691. Ms. iosephes simon 7 iacob.
695. After yfel rasure of one letter.
696. Gm. and K. hearra, Ms. heape.
698. Gn. drihten.

700 cræfta gecýðde, þæt hê wæs cyning on riht
     ofer middangeard mægene geswîðed,
     waldend ond wyrhta wuldorþrymmes,
     ân êce god eallra gesceafta.
     Swylce hê ôðerra unrîm cýðde
705 wundorworca on wera gesyhðe.

XIII. The Story Continued.

Syððan eft gewât ôðre sîðe
getrume mycele, þæt hê in temple gestôd,
wuldres aldor.   Wordhlêoðor âstâg
geond hêahræced ; hâliges lâre
710 synnige ne swulgon, þêah hê sôðra swâ feala
     tâcna gecýðde, þær hîe tôsêgon.
     Swylce hê wrætlîce wundorâgræfene
     anlîcnesse engla sînra
     geseh, sigora frêa, on seles wage
715 on twâ healfe torhte gefrætwed,
     wlitige geworhte.   Hê worde cwæð :
     ' Þis is anlîcnes engelcynna
     þæs brêmestan mid þâm burgwarum
     in þære ceastre is ; Cheruphim ond Seraphim
720 þâ on swegeldrêamum syndon nemned ;
     fore onsýne êcan dryhtnes
     standað stîðferðe, stefnum herigað
     hâlgum hlêoðrum heofoncyninges þrym,

706. Gm. and K. siððan.
707. Gm. and K. micle.
709. Ms. -ræced. Gm. and K. -reced.
711. Gm. and Gn. tô sêgon.
719. Gm. et, Ms. 7.
720. Gm. and K. sindon.
722. Ms. -ferðe, Gm., Gn., and K. ferhðe,

meotudes mundbyrd.   Hêr âmearcod is
725 hâligra hîw, þurh handmægen
âwriten on wealle wuldres þegnas.'
Þâ gên worde cwæð weoruda dryhten,
heofonhâlig gâst, fore þâm heremægene :
' Nû ic bebêode bêacen ætŷwan,
730 wundor geweorðan on wera gemange,
þæt þéos onlicnes corðan sêce
wlitig of wage ond word sprece,
secge sôðcwidum ; þŷ sceolon gelŷfan
eorlas on cyððe, hwæt mîn æðelo sîen.'

XIV. The Miracle.

735 Ne dorste þâ forhylman hêlendes bebod
wundor fore weorodum, ac of wealle âhlêop
frôd fyrngeweorc, þæt hê on foldan stôd
stân fram stâne ; stefn æfter cwôm
hlûd þurh heardne, hlêoðor dynede ;
740 wordum wemde.   Wrætlíc þûhte
stiðhycgendum stânes ongin.
Septe sacerdas sweotolum tâcnum,
witig werede ond worde cwæð :
' Gê synd unlêde earmra geþohta
745 scarowum beswicene oððe sêl nyton

---

733. Gn., after sôðcwidum, inserts [þæt ic eom sunu godes];
after gelŷfan [leoda ræswan], thus making two lines of one. But
there is no gap in the Ms.

736. Ms. âhleop, Gm. and Gn. as Ms. âhleów.

740. Gm. and K. wemde, Gn. wêmde.

741. Gn. onginn.

742. Ms. and Gm. (text) septe, Gm. (note) sewte, Gn. sewde, K.
sewte sacerdas.

743. Gm. and K. wîtig, Gn. witig.

744. Gm. and K. sind ; Ms. and K. earma, Gm. and Gn. earmra.

môde gemyrde ; gê monetigað
godes êce bearn ond þone þe grund ond sund,
heofon ond eorðan ond hrêo wægas,
salte sæstrêamas ond swegl uppe,
750 âmearcode mundum sînum.
Þis is se ilca ealwalda god,
þone on fyrndagum fæderas cûðon ;
hê Abrahame ond Isace
ond Iacobe gife bryttode.
755 welum weorðode, wordum sægde
ærest Habrahame æðeles geþingu,
þæt of his cynne cenned sceolde
weorðan wuldres god. Is sêo wyrd mid êow
open, orgete ; magan êagum nû
760 gesêon sigores god, swegles âgend.'

XV. THE ACCOUNT CONTINUED. — HATRED OF THE DIVINE CHILD. — COMMAND TO THE STONE. — ANOTHER MIRACLE.

Æfter þyssum wordum weorud hlosnode
geond þæt sîde sel, swîgodon calle.
Þâ þâ yldestan eft ongunnon
secgan synfulle, sôð ne onenêowan,
765 þæt hit drŷcræftum gedôn wære,
scingelâcum, þæt se scŷna stân
mælde for mannum. Mân wridode
geond beorna brêost, brandhâta nið

---

747. Between sund and heofon (748) a defect in the parchment.
754. Ms. Iocobe; Gn. gyfe.
756 and 779. Gn. Abrahame.
761. K. Æfer þissum, Gm. þissum.
764. Gm. and K. onenêówon, Gm. as Ms. -an.

wêoll on gewitte, weorm blêdum fâg,
770 âttor alfæle. Þær orenâwe wearð
þurh têonewide twêogende môd,
mæcga misgehygd morðre bewunden.
Þâ se þêoden bebêad þryðweorc faran
stân stræte of stedewange
775 ond forðgân, foldweg tredan,
grêne grundas, godes ærendu
lârum lædan on þâ lêodmearce
tô Channanêum, cyninges worde
bêodan Habrahame mid his eaforum twæm
780 of corðscræfe ærest fremman,
lætan landreste, leoðo gadrigean,
gâste onfôn ond geogoðhâde,
edniwinga andweard cuman
frôde fyrnweotan, folce gecýðan,
785 hwylene hîe god mihtum ongiten hæfdon.
Gewât hê þâ fêran, swâ him frêa mihtig
scyppend wera gescrifen hæfde,
ofer mearepaðu, þæt hê on Mambre becôm
beorhte blîcan, swâ him bebêad meotud,
790 þær þâ lîchoman lange þrage

---

769. K. fæg.

770. Gm. ælfæle, Gn. ælfæle, Ms. alfæle; Gm., Gn., and K. [wearð], omitted in Ms.

772. Ms. misgehygd, Gm., Gn., and K. -hyd.

774. K. (on) stræte.

775. Gn. forð gân.

776. Ms. ærenðu.

780. Ms. and Gm. ærest, Gn. and K. ærist.

782. K. -hâdes.

783. K. edniwinge.

785. Gn. (foot-note) god-mihtum ?

787. Gm. and K. scippend.

788. Ms., Gm., and Gn. -paðu, K. -waðu; Ms. mambre, Gm., Gn., and K. Membre.

790. After þær a second þær erased.

hêahfædera hrâ beheled wǽron.
Hêt þâ ôfstlîce upâstandan
Habraham ond Isaac, æðeling þriddan
Iacob of grêote tô godes geþinge
795 snêome of slǽpe þǽm fæstan. hêt hîe tô þâm sîðe gyrwan,
fâran tô frêan dôme ; sceoldon hîe þâm folce gecŷðan,
hwâ æt frumsceafte furðum têode
corðan callgrêne ond upheofon,
hwǽr se wealdend wǽre. þe þæt weore staðolade.
800 Ne dorston þâ gelettan leng ôwihte
wuldorcyninges word ; geweoton þâ þâ witigan þrŷ
môdige mearcland tredan, forlǽtan moldern
wunigean open corðscræfu ; woldon hîe ædre gecŷðan
frumweorca fæder. þâ þæt folc gewearð
805 egesan geâclod, þǽr þâ æðelingas
wordum weorðodon wuldres aldor.
Hîe þâ ricene hêt rîces hyrde
tô êadwelan ôðre sîðe
sêcan mid sybbe swegles dreamas,
810 ond þǽr tô wîdan feore willum nêotan.
Nû þû miht gehŷran, hyse lêofesta,
hû hê wundra worn wordum cŷðde,
swâ þêah ne gelŷfdon lârum sînum
môdblinde menn. Ic wât manig nû gyt
815 mycel mǽre spell, þe se maga fremede,
rodera rǽdend, þâ þû âræfnan ne miht,
hreðre behabban hygeþances glêaw."

---

792. Gm. and Gn. up âstandan; K. ofslîce.
798. K. eal-.
801. Gm. (as Ms.) and Gn. geweotan.
802. K. forlæton, Gn. (foot-note) forlêton ? Gn. places **wunigean**
at the end of this line.
807. Gm. and K. hirde.
809. Gm. and K. sibbe.
811. K. men
815. Gm. and K. micel.

XVI. Andrew Left Asleep at the Gates of the City. — The Vision of His Comrades.

Þus Andreas ondlangne dæg
berede hléoðorcwidum háliges láre.
820 Oðþæt hine semninga sléþ oferéode
on hronráde heofoncyninge néh.
Þá gelédan hét lífes brytta
ofer ýða geþræc englas síne,
fæðmum ferigean on fæder wére
825 léofne mid lissum ofer lagufæsten,
oðþæt séwérige sléþ oferéode.
Þurh lyftgelác on land becwóm
tó þére ceastre, þe him cining engla þá þá
áràs síðigean éadige on upweg, éðles néosan.
830 Léton þone hálgan be herestréte
swefan on sybbe under swegles hléo,
blíðne bidan burhwealle néh,
his níðhetum, nihtlangne fyrst,
oðþæt dryhten forlét dægeandelle
835 scíre scínan. Sceadu sweðerodon
wonn under wolcnum. Þá cóm wederes blæst,
hádor heofonléoma ofer hofu blícan.
Onwóc þá wíges heard, wang sceáwode,
fore burggeatum beorgas stéape,

---

819. Ms. berede, Gm., Gn., and K. herede.
827. ¹Gn. lyft gelác, ²Gn., Gm., and K. lyftgelác.
828. Gm., Gn., and K. cyning. Here Gm. and K. leave a gap; Gn. inserts after engla, [in Achaia ár getácnode]. [Gewiton] þá þá aras[eft] síðcgean, etc.; Ms. engla ða ða in one line with no vacant space.
831. Gm. and K. sibbe.
836. Gm. and ¹Gn. blæst, ²Gn. and K. blæst.
837. Ms. ·leᵒma.

840 hleoðu, hlifodon; ymbe hárne stân
tigelfágan trafu, torras, stôdon,
windige weallas. Þá se wîs onenêow,
þæt hê Marmedonia mêgðe hæfde
sîðe gesôhte, swâ him sylf bebêad,
845 þám him fore gescráf, fæder mancynnes.
Geseh hê þá on grêote gingran sîne,
beornas beadurôfe, bîryhte him
swefan on slêpe. Hê sôna ongann
wîgend weccean, ond worde cwæð:
850 " Ic êow secgan mæg sôð orgete.
þæt ûs gyrstran dæge on geofones strêam
ofer ârwelan æðeling ferede.
In þám cêole wæs cyninga wuldor.
waldend weorðode; ic his word onenêow,
855 þêh hê his mêgwlite bemiðen hæfde."
Him þá æðelingas ondsweorodon
geonge gênewidum, gâstgerŷnum :
" Wê þê, Andreas, êade gecŷðað
sîð ûserne, þæt þû sylfa miht
860 ongitan glêawlîce gâstgehygdum.
Us sêwêrige slêp oferêode ;
þá cômon earnas ofer ŷða wylm
on flyhte feðerum hrêmige,
ûs of slêpendum sâwle âbrugdon,
865 mid gefêan feredon flyhte on lyfte

---

840. Ms. hleoðu. The usual stroke above u representing m is altogether wanting. Gm., Gn., and K. hleoðum.

845. Ms. þá him fore gescraf, Gn. and him foregescráf, Gm. and K. foregescráf, ²Gn. fore gescráf "zuvor."

847. Ms. and ¹Gn. biryhte, Gm. and K. birihte, ²Gn. bírihte.

851. Gm. and K. gistran, Gn. gystran, Ms. gyrstran.

854. Gn. werþeóda, Ms. weorðode.

858. Ms., Gm., and K. eade, Gn. eáðe.

863. Gn. [faran] on flyhte.

brehtmum blîðc, beorhte ond lîðc ;
lissum lufodon ond in lofe wunedon,
þær wæs singal sang ond swegles gong,
wlitig weoroda hêap ond wuldres þrêat.
870 Útan ymbe æðelne englas stôdon,
þegnas ymb þêoden þûsendmælum ;
heredon on hêhðo hâlgan stefne
dryhtna dryhten.   Drêam wæs on hyhte.
Wê þær hêahfæderas hâlige oncnêowon
875 ond martyra mægen unlytel.
Sungon sigedryhtne sôðfæstlîc lof
dugoð dômgeorne ; þær wæs Dauid mid,
êadig oretta, Essages sunu,
for Crist cumen, cining Israhêla.
880 Swylce wê gesêgon for suna meotudes
æðelum êcne êowic standan
twelfe getealde tîrêadige hæleð.
Êow þegnodon þrymsittende
hâlige hêahenglas — þâm bið hæleða well,
885 þe þâra blissa brûcan môton !
Þær wæs wuldres wynn, wîgendra þrym,
æðelîc onginn ; næs þær ænigum gewinn.
Þâm bið wræcsîð witod, wîte geopenad,
þe þâra sceal fremde weorðan,
890 hêan hwearfian, þonne heonon gangað."

XVII. The Prince of Glory Appears to Andrew.

Þâ wæs môdsefa myclum geblissod
háliges on hreðre, syððan hlêoðorcwide
gingran gehýrdon. þæt hie God wolde
onmunan swâ mycles ofer menn ealle,

895 ond þæt word gecwæð wîgendra hlêo:
"Nû ic, God dryhten, ongiten hæbbe,
þæt þû on faroðstræte feor ne wære,
cyninga wuldur. Þâ ic on cêol gestâh;
þêh ic on ýðfare engla þeoden,

900 gâsta geôcend, ongitan ne cûðe.
Weorð mê nû milde, meotud ælmihtig,
blîðe beorht cyning. Ic on brimstrêame
spræc worda worn, wât æfter nû,
hwâ mê wyrðmyndum on wudubâte

905 ferede ofer flôdas; þæt is frôfre gâst
hæleða cynne, þær is help gearu,
milts æt mærum manna gehwylcum,
sigorspêd geseald, þâm þe sêceð tô him."
Þâ him fore êagum onsýne wearð

910 æðeling ôðýwed in þâ ilcan tîd,
cining cwicera gehwæs þurh cnihtes hâd;
þâ hê worde cwæð. wuldres aldor:
"Wes þû Andreas hâl mid þâs willgedryht

---

891. Gm. and K. miclum.

892. Gm. and K. siððan.

893. K. gehýrde.

894. Gm. and K. micles.

898. Gm. and K. wuldor.

906. Ms. þær **is** help.

907. After milts *t* erased.

909. Ms. werð.

910. After æðeling defect in the parchment.

911. Gm., Gn., and K. cyning.

ferðgefēonde ; ic þê friðe healde,

915 þæt þê ne môton mângeniðlan,
grame grynsmiðas. gâste gesceððan."
Fêoll þâ tô foldan, frioðo wilnode
wordum wîs hæleð. winedryhten frægn
" Hû geworhte ic þæt, waldend fîra,

920 synnig wið seolfne sâwla nergend,
þæt ic þê swâ gôdne ongitan ne meahte
on wêgfære, þær ic worda gespræc
mînra for meotude mâ þonne ic sceolde?"
Him ondswarode ealwalda god :

925 " Nô þû swâ swîðe synne gefremedest,
swâ þû in Achaia ondsæc dydest,
þæt þû on feorwegas fêran ne cûðe
ne in þâ ceastre becuman meahte,
þing gehêgan þrêora nihta

930 fyrstgemearces, swâ ic þê fêran hêt
ofer wêga gewinn.   Wâst nû þê gearwor,
þæt ic êaðe mæg ânra gehwylene
fremman ond fyrðran frêonda mînra
on landa gehwylc. þær mê lêofost bið.

935 Ârîs nû hrædlîce, rêd ædre ongit,
beorn gebledsod, swâ þê beorht fæder
geweorðað wuldorgifum tô wîdan aldre
cræfte and mihte.   Þû in þâ ceastre gong
under burglocan, þær þîn brôðor is.

940 Wât ic Matheus þurh mênra hand

---

914. Ms., Gm., and Gn. ferð gefeonde, Gn. (foot-note) forð ?
917. K. freoðo.
926. Ms. ach{a}ia.
927. Ms. and K. feor wegas.
928. Ms. mehte.
931. Ms., Gm., and ²Gn. wega, ¹Gn. and K. wêga.
939. vnder.

hrînan heorudolgum, héafodmagu
searonettum beseted.   Þû hine sêcan scealt,
lêofne âlýsan of lâðra hete
ond eal þæt mancynn þe him mid wunige
945 elþêodigra inwitwrâsnum
bealuwe gebundene.   Him sceal bôt hraðe
weorðan in worulde ond in wuldre lêan,
swâ ic him sylfum ær secgende wæs.
Nû þû Andreas scealt edre genêðan
950 in gramra gripe ; is þê gûð weotod
heardum heoruswengum, sceal þîn hrâ dælan,
wundum weorðan wættre gelîcost,
faran flôde blôd.   Hîe þîn feorh ne magon
dêaðe gedælan, þêh þû drype þolie,
955 synnigra slege.   Þû þæt sâr âber,
ne lêt þê âhweorfan hæðenra þrym
grim gârgewinn, þæt þû gode swîce
dryhtne þînum.   Wes â dômes georn ;
lêt þê on gemyndum, hû þæt manegum wearð
960 fîra gefrêge geond feala landa,
þæt mê bysmredon bennum fæstne
weras wansælige ; wordum tyrgdon,
slôgon ond swungon ; synnige ne mihton
þurh sârewide sôð gecýðan,
965 þû ic mid Indêum gealgan þehte,

---

941. Ms. heafodmagû, Gm. (text) heáfodmagum, Gm. (note),
Gm., and K. -magan.
942. Ms. searo nettû, Gm., Gn., and K. searonettum. See l. 64.
944. ond written out for the first time in this poem ; Ms. mancynn,
K. manegu.
945. K. æl-.
949. Ms N.V.
951. Ms. scel, Gm., Gn., and K. sceal ; [1]Gn. dælan, [2]Gn. dæled.
952. Ms. gellecost.
955. Ms. and [1]Gn. slege, Gm., [2]Gn., and K. slage.
961. [1]Gn. hû, [2]Gn. þæt ; Gn. bendum.

rôd wæs âræred, þær rinca sum
of mínre sîdan swât ût forlêt,
drêor tô foldan.   Ic âdrêah feala
yrmða ofer eorðan ; wolde ic êow on þon
970 þurh blîðne hige bysne onstellan,
swâ on ellþêode ȳwed wyrðeð.
Manige syndon in þysse mêran byrig
þâra þe þû gehweorfest tô heofonlêohte,
þurh mînne naman, þêah hîe morðres feala
975 in fyrndagum gefremed habban."
Gewât him þâ se hâlga heofonas sêcan,
eallra cyninga cining, þone clênan hâm
êaðmêdum upp ; þær is âr gelang
fira gehwylcum, þâm þe hîe ûndan cann.

XVIII. The Meeting of Andrew and Matthew.

980 Þâ wæs gemyndig, môdgeþyldig,
beorn beaduwe heard ; êode in burh hraðe
ânræd oretta, elne gefyrðred
maga môde rôf, meotude getrêowe,
stôp on strǣte, stîg wîsode,
985 swâ him nǣnig gumena ongitan ne mihte,
ond synfulra gesêon.   Hæfde sigora weard
on þâm wangstede wǣre betolden

---

969. Gn. omits **ic**.
970. Gm. and K. **hyge**, Gn. **bysen**.
972. Gm. and K. **sindon, þisse**.
975. K. **habben**.
977. Gm., Gn., and K. **cyning**.
982. Gn. **anræd**.
985. Gn. **hine** ?
986. Ms. **7 synfulra**; Gm., Gn., and K. omit **ond**.
987. After **betolden** stood a word, blotted out or erased ? Gn. **wære**, Gm. and K. **wǣre**.

léofne léodfruman mid lofe sínum.
Hæfde þá se æðeling ingeþrungen,
990 Cristes cempa, carcerne néh.
Geseh hé hæðenra hlóð ætgædere.
fore hlíndura hyrdas standan
scofone ætsomne. Ealle swylt fornam,
druron dómléase; déaðræs forfeng.
995 hæleð heorodéorig. Þá se hálga gebæd
bilwytne fæder, bréostgehygdum
herede on héhðo heofoncyninges
gód, dryhtendóm. Duru sóna onarn
þurh handhríne háliges gástes,
1000 ond þær incode elnes gemyndig
hæle hildedéor: hæðene swæfon
dréore druncne, déaðwang rudon.
Geseh hé Matheus in þám morðorcófan,
hæleð higeröfne under heolstorlocan
1005 secgan dryhtne lof, dómweorðinga
engla þéodne. Hé þær ána sæt
geohðum géomor in þám gnornhofe;
geseh þá under swegle swæsne geféran,
hálig háligne; hyht wæs geniwad.
1010 Árás þá tógénes, gode þancade,
þæs þe híe onsunde æfre móston

---

995. Ms. heorodeorig, Gm., Gn., and K. -dreorig.

996. Gm., Gn., and K. bilwitne.

998. Gm., Gn., and K. god dryhten dóm, [2]Gn. godes dryhten dóm; K. dura.

999. Ms. han hrine.

1002. Ms. deað wangrudon, K. deaðwang ridon, Gn. deaðwang rudon, rudon von reódan *rubefacere*, Gm. deað wangrudon.

1004. Gm., Gn., and K. hyge-.

1007. Ms. geohðum, Gm., Gn., and K. geoðum, Gn. (foot-note) geohðum! K. im, misprint?

1008. Ms. þa, Gm. and K. þær.

1011. Ms. þæs ðe, K. þæt þe.

geséon under sunnan. Syb wæs gemǽne
þám þám gebróðrum, blis edniwe ;
ǽghwæðer óðerne earme beþehte,
1015 cyston híe ond clypton ; Criste wǽron begen
léofe on móde. Híe léoht ymbscán
hálig ond heofontorht, hreðor innan wæs
winnum áwelled. Þá worde ongan
ǽrest Andreas æðelne geféran
1020 on clustorcleofan mid cwide sínum
grétan godfyrhtne ; sǽde him gúðgeðingu,
feohtan fára monna : " Nú is þín folc on luste
  hæleð hyder on   .   .   .   .
      .   .   .   gewyrht cardes néosan."
1025 Æfter þyssum wordum wuldres þegnas
begen þá gebróðor tó gebede hyldon,
sendon hira béne fore bearn godes,
swylce se hálga in þám hearmlocan
his god grétte, ond him géoce bæd
1030 Hǽlend helpe, ǽrþan brá crunge
fore hǽðenra hildeþrymme,
ond þá gelǽdde of leoðobendum
fram þám fæstenne on frið dryhtnes
tú ond hundtéontig geteled ríme,
1035 swylce féowertig generede fram níðe.

1012. Gm. and K. sib.
1016. After scán small hole in parchment.
1017. K. hréðer, Gm. hréðor.
1018. Gm., Gn., and K. wynnum.
1023. Gm. and K. hider. Here a leaf of the Ms. has been cut out.
1024. K. leaves a space between **gewyrht** and **cardes**. None in Ms.
1025. Gm. and K. þissum.
1029. Ms. grete, Gm., Gn., and K. grétte.
1030. Ms. ærþan, Gm., Gn., and K. ǽrþon ; Ms. crung, Gm., Gn. and K. crunge.
1032. Ms. 7.
1035. Gm. and K. leave space of a half-line, Gn. [eác feorcundra] No vacant space in Ms.

þǽr hê nǽnige forlêt under burglocan
bennum fæstne on, þǽr wîfa þâ gyt
weorodes tô-êacan, ânes wana fîftig
forhte gefreoðode.   Fægen wǽron sîðes,
1040 lungre leordan, nalas leng bidon
in þâm gnornhofe gûðgeþingo.
Gewât þâ Matheus menigo lǽdan
on gehyld godes, swâ him se hâlga behêad,
weorod on wilsîð wolcnum beþehte,
1045 þê lǽs him scyldhâtan scyððan cômon
mid earhfare, ealdgenîðlan.
þǽr þâ môdigan mid him mæðel gehêdan,   r
trêowgeþoftan, ǽr hîe on tû hweorfan.
Ægðer þâra eorla ôðrum trymede
1050 heofonrîces hyht, helle wîtu
wordum werede.   Swâ þâ wîgend mid him,
hæleð higerôfe, hâlgum stefnum
cempan coste cyning weorðadon
wyrda waldend, þæs wuldres ne bið
1055 ǽfre mid eldum ende befangen.

1036. Ms., Gm. (text), and K. nænige, Gm. (note) and Gn. nǽnigne.
1037. Ms. fæstne on þær, Gm. (note) and Gn. ond þǽr, K. nê
þǽr; Ms. bennū, Gn. and K. bendum.
1138. Gm. and K. leave space of two half-lines; there is no vacant
space in Ms. Ms. wana þe fiftig, Gn. omits þe and inserts ealra
1040. Gm. and K. leordon.
1045. Gn. þŷ.
1047. Gm. and K. gehêdon.
1048. Gm. and K. hweorfon; Gn. hî.
1052. Gm. and K. hyge-.
1053. K. weorðodon.

XIX. Andrew in the City of the Cannibals.—
Their Consternation at the Death of the
Warders.—Lots Cast for a Victim.—Rescued
by Andrew.

    Gewât him þâ Andreas inn on ceastre
    glædmôd gangan, tô þæs þe hê gramra gemôt,
    fâra folcmægen, gefrægen hæfde,
    oðþæt hê gemêtte be mearcpaðe
1060 standan strǽte nêah stapul ǽrenne.
    Gesæt him þâ be healfe, hæfde hluttre lufan,
    êce upgemynd engla blisse ;
    þanon bâsnode under burhlocan,
    hwæt him guðweorca gifeðe wurde.
1065 Þâ gesamnedon sîde herigeas
    folces frumgâras ; tô þâm fæstenne
    wǽrlêasra werod wǽpnum cômon,
    hǽðne hildfrecan. tô þæs þâ hæftas ǽr
    under hlînscûwan hearm þrôwedon.
1070 Wêndan ond woldon wiðerhycgende,
    þæt hîe on elþêodigum ǽt geworhton,
    weotude wiste ; him sêo wên gelêah,
    syððan mid corðre carcernes duru
    eorre æscberend opene fundon.
1075 onhliden hamera geweorc, hyrdas dêade.
    Hîe þâ unhýðige eft gecyrdon

1057. Gm. and Gn. as Ms. gangen.

1063. Ms. eðe.

1064. After guðweorca þâ seems to have been erased.

1068. K. tô þæs þe.

1070. Gm. and K. wêndon ; Ms. -hycgende.

1073. Gm. and K. siððan, K. dura.

1075. Gm. and K. hirdas.

1076. Ms. unhýðige, Gm., [1]Gn., and K. unhydige, [2]Gn. unhyðige
contristatus.

luste belorene láðspell beran ;
sægdon þám folce, þæt þér feorrcundra,
ellreordigra, ǽnigne tó láfe
1080 in carcerne cwicne ne gemétton,
ah þér heorodréorige hyrdas lágan
gǽsne on gréote, gáste berofene
fǽgra flǽschaman.   Þá wearð forht manig
for þám fǽrspelle folces rǽswa.
1085 héan, hygegeðmor, hungres on wénum
blátes béodgastes.   Nyston beteran rǽd,
þonne híe þá behlidenan him to lífnere
gefeormedon ;   duruþegnum wearð
in áne tíd eallum ætsomne
1090 þurh heard gelác hildbedd stýred.
Þá ic lungre gefrægn léode tósomne
burgwaru bannan ;   beornas cómon,
wiggendra þréat, wiggum gengan
on mearum módige maðelhégende
1095 rǽscum dealle.   Þá wæs eall geador
tó þám þingstede þéod gesamnod ;
léton him þá betwéonum tán wisian
hwylene hira ǽrest óðrum sceolde
tó fóddurþege feores ongyldan ;
1100 hluton hellcræftum héðengildum,

1077. Ms., ¹Gn., and Gm. láð spell, ²Gn. and K. láðspell.

1080. Ms. cwicne gemette, Gm. cwicne ne gemétton, Gn. cwic ne gemétton, K. cwicne ne métton.

1081. K. ac, ¹Gn. omits þær, ²Gn. ah þér; Gm. and K. hirdas lǽgon, Ms. hyrdas lagan.

1086. K. -gǽstes.

1087. Gn. belidenan.

1088. Gm. [deáde] gefeormedon.

1093. K. wiggum.

1097. Ms. tá an.   44a hole in parchment

1099. Gm. and K. ongildan

1100. Ms. hluton ʰell cræftum.

teledon betwînum. Þâ se tân gehwearf
efne ofer ǽnne caldgesîða,
sê wæs uðweota eorla dugoðe
heriges on ôre.   Hraðe siððan wearð
1105 fetorwrâsnum fæst feores orwêna.
Cleopode þâ collenferhð cearegan reorde
cwæð, hê his sylfes sunu syllan wolde
on ǽhtgeweald, eaforan geongne,
lifes tô lisse.   Hîe þâ lâc hraðe
1110 þêgon tô þance ; þêod wæs oflysted
metes môdgêomre, næs him tô mâðme wynn,
hyht tô hordgestrêonum ; hungre wǽron
þearle geþrêatod, swâ se þêodsceaða
hrêow rîcsode.   Þâ wæs rinc manig,
1115 gûðfrec guma, ymb þæs geongan feorh
brêostum onbryrded tô þâm beadulâce.
Wæs þæt wêatâcen wîde gefrêge
geond þâ burh bodad beorne manegum,
þæt hîe þæs cnihtes cwealm corðre gesôhton
1120 dugoðe ond eogoðe, dǽl onfengon
lifes tô leofne.   Hîe hungre tô þæs,
hǽðene herigweardas, here samnodan
ceastre warena : cyrm upp âstâh.
Þâ se geonga ongann gêomran stefne
1125 gehæfted for herige hearmlêoð galan,
frêonda fêasceaft friðes wilnian ;
ne mihte earmsceapen âre findan
freoðe æt þâm folce, þe him feores wolde

1107. K. suna. sunu stands twice, first one erased.
1108. Ms. geonc. Gm., Gn., and K. geongne.
1114. Gn. reów.
1117. Ms. wea tacen.
1122. Ms. herig weardas, K. hearg-.
1123. Gm. ceastrewarena, K. ceaster-.
1125. K. gehafted.
1128. Gn. (foot-note) freóde !

ealdres geunnan ; hæfdon æglǽcan
1130 sæcce gesôhte, sceolde sweordes ecg
scerp ond scûrheard of sceaðan folme,
fŷrmǽlum fâg, feorh âcsigan.
Þâ þæt Andrea earmlic þûhte
þêodbealo þearlic tô geþolianne,
1135 þæt hê swâ unscyldig ealdre sceolde
lungre linnan. Wæs se lêodhete
þrohtheard ; þrymman scêocan
môdige maguþegnas morðres on luste,
woldon ǽninga ellenrôfe
1140 on þâm hysebeorðre heafolan gescênan,
gârum âgetan. Hine god forstôd
hâlig of hêhðo hǽðenum folce ;
hêt wǽpen wera wexe gelîcost
on þâm orlege eall formeltan,
1145 þŷ læs scyldhâtan sceaðan mihton,
egle ondsacan, ecga þryðum.
Swâ wearð âlŷsed of lêodhete
geong of gyrne. Gode ealles þanc,
dryhtna dryhtne, þæs þe hê dôm gifeð
1150 gumena gehwylcum, þâra þe gêoce tô him
sêceð mid snytrum ; þǽr bið symle gearu
frêond unhwilen, þâm þe hîe findan cann.

1130. Ms. seco¹de. 44 b, on account of hole in the parchment the
first two lines shortened.

1131. Gn. scearp.

1132. Gn. fâh.

1137. Gm. and K. leave space for one word after þrohtheard, ¹ Gn.
and Ettm. þrohtheard [þreálic], ² Gn. [þearl and] þrohtheard.
There is no gap in Ms. Ettm. þrymnum; Ms. and Gm. sceócan,
Gn. and K. sceócon.

1141. Ms. and Gn. âgetan. Gm. and K. âgeótan.

1145. Gm. and K. scyldhatan, foes.

1152. ² Gn. freód (Ms. freónd).

XX. The Devil Appears and Stirs up Hatred against Andrew.

Þâ wæs wôp hæfen in wera burgum,
hlûd heriges cyrm, hrêopon friccan,
1155 mændon meteleáste, mêðe stôdon
hungre gehæfte.   Hornsalu wunedon
wêste winræced, welan ne benohton
beornas tô brûcanne on þâ bitran tîd.
Gesæton scarupancle sundor tô rûne
1160 ermðu cahtigan ; næs him tô êðle wynn.
Fregn þâ gelôme freca ôðerne :
" Ne hele sê þe hæbbe holde lâre,
on sefan snyttro !   Nû is sæl cunnen,
þrêa ormæte ; is ûû þearf mycel,
1165 þæt wê wîsfæstra wordum hŷran."
Þâ for þære dugoðe dêoful ætŷwde,
wann ond wliteleâs hæfde wêriges hîw.
Ongan þâ meldigan morðres brytta,
helle hinca, þone hâlgan wer
1170 wiðerhycgende ond þæt word gecwæð :
" Hêr is gefêred ofer feorne weg
æðelinga sum innan ceastre,
ellþêodigra, þone ic Andreas
nemnan hêrde ; hê êow nêon gescêod,
1175 þâ hê âferede of fæstenne

1154. Gm. hreopun.
1155. Ms. mete leaste meðe.
1157. Gm. and ¹Gn. win-, ²Gn. and K. wîn-.
1164. Gm. and K. micel.
1167. Gm., ¹Gn., and K. wêriges, ²Gn. weriges?
1169. ²Gn. hellehinca.
1171. Gm. and ²Gn. gefered, ¹Gn. and K. gefêred.
1175. Gm. and K. âfêrede.

manncynnes mâ þonne gemet wǽre.

Nû gê magon eaðe oncýðdǽda

wrecan on gewyrhtum : lǽtað nû spor

íren ecgheard, eadorgeard sceoran,

1180 fǽges feorhhord ; gâð fromlîce,

þæt gê wiðerfeohtend wîges gehnǽgan."

Him þâ Andreas âgef ondsware :

" Hwæt þû þrîstlîce þêode lǽrest,

bældest tô beadlowe, wǽst þê bǽles cwealm

1185 hâtne in helle : ond þû here fýsest,

fêðan tô gefeohte ; eart þû fâg wið god

dugoða dêmend.　Hwaet þû dêoflcs strǽl

fcest þîne yrmðo, þe se ælmihtiga

hêanne gehnǽgde, ond heolstor bescêaf,

1190 þǽr se cyninga cining clamme belegde,

ond þê syððan â Sâta nemndon

þâ þe dryhtnes â dêman cûðon."

Þâ gyt se wiðermêda wordum lǽrde

folc tô gefeohte fêondes cræfte :

1195 " Nû gê gehýrað hæleða gewinnan,

sê þyssum herige mǽst hearma gefremede.

1176. Ms. þon gemet, [1] Gn. and K gemêt, Gm. and [2] Gn. gemet.

1178. Ms. gwyrhtum lǽtað (small worm-hole) spor, Gn. [wǽpna], Cf. Jul. 623.

1179. K. ealdor-.

1182. Ms. 7sware, hole in parchment.

1184. Ms. bældest, hole in parchment, Gm. and K. bealdest; K. wâst.

1185. After helle hole in parchment.

1188. Gm. and K. fcest.

1189. [2] Gn. and [on] healstor.

1190. Gm., Gn., and K. cyning, Gm. and K. siððan.

1191. Gn. Satan nemdon.

1192. K. â.

1193. Gm. and K. þâ git.

1196. Ms ðyssū, Gm. and K. þissum.

þæt is Andreas sê mê onflîteð
wordum wrætlîcum for wera menigo."
þâ wæs bêacen boden burhsittendum ;
1200 âhlêopon hildfrome heriges brehtme,
ond tô weallgeatum wîgend þrungon
cêne under cumblum corðre mycle
tô þâm orlege ordum ond bordum.
þâ worde cwæð weoroda dryhten,
1205 meotud mihtum swîð sægde his magoþegne :
" Scealt þû Andreas ellen fremman :
ne mîð þû for menigo, ah þînne môdsefan
staðola wið strangum. Nis sêo stund latu,
þæt þê wælrêowe wîtum belecgað,
1210 cealdan clommum. Cŷð þê sylfne,
herd hige þînne, heortan staðola,
þæt hîe mîn on þê mægen oncnâwan.
Ne magon hîe ond ne môton ofer mîne êst
þîne lîchoman, lehtrum scyldige,
1215 dêaðe gedælan, þêah þû drype þolige,
myrce mânslaga. Ic þê mid wunige."

XXI. Andrew's Sufferings.

Æfter þâm wordum côm werod unmǽte,
lyswe lârsmeoðas, mid lindgecrode
bolgenmôde ; bǽron ût hræðe
1220 ond þâm hâlgan þǽr handa gebundon.

1197. Gm. on flîteð. After þæt a letter erased.
1212. Gm. and K. mîcle.
1211. Gm. and K. hyge.
1213. After moto before n worm-hole in parchment.
1216. Ms. myrce mânslaga, Gn. mirce, Gm. and K. man-.
1220. Hole in parchment separates halga from n.

Siððan geypped wæs æðelinga wynn,
ond hîe andweardne êagum meahton
gesîon sigerôfne.   Þêr wæs see manig
on þâm wælwange wîges oflysted
1225 lêoda duguðe ; lyt sorgodon,
hwylc him þæt edlêan æfter wurde.
Hêton þâ lêdan ofer landsceare,
þragmêlum têon, torngenîðlan,
swâ hîe hit frêenost findan meahton.
1230 Drôgon dêormôde æfter dûnscræfum
ymb stânhleoðo stærcedferhðe,
efne swâ wîde swâ wegas tôlâgon
enta ærgeweorc innan burgum,
strête stânfâge.   Storm upp ârâs
1235 æfter ceasterhofum, cirm unlytel
hêðnes heriges.   Wæs þæs hâlgan lîe
sârbennum soden, swâte bestêmed,
bânhûs âbrocen ; blôd yðum wêoll
hât of heolfre.   Hæfde him on innan
1240 ellen untwêodne ; wæs þæt æðele môd
âsundrad fram synnum. Þêah hê sâres swâ **feala**
dêopum dolgslegum drêogan sceolde.
Swâ wæs ealne dæg ôðþæt æfen côm
sigeltorht swungen ; sâr eft gewôd

1221. Hole in parchment separates æðelin from ga ; Ms. **sibþan.**
1223. Ms., Gm., and K. **see**, Gn. **seeg.**
1224. Ms. **welwange**, Gm., Gn., and K. **wæl-.**
1228. K. **þræg-**, [2]Gm. **træg-.**
1231. Ms. **stærcedferþþe**, K. **stearcedferðe**, Gm. **stearcedferhðe**, Gn. **stærcedferhðe.**
1232. K. **tôlâgon**, Ms. **tolagon**, Gm. and Gn. **tô lâgon.**
1239. [1]Gn. **hâtan heolfre**, cf. 1275, [2]Gn. **hât of.**
1240. [1]Gn. **untwêónde**, [2]Gn. **untwêódue.**
1243. Ms. **swa** changed from **swæ.**
1244. Ms., Gm., and K. **sigeltorht**, Ettm. and Gn. **sigetorht** ; Gn.
oft.

1245 ymb þæs beornes brêost, ôðþæt beorht gewât
     sunne swegeltorht tô sete glîdan.
     Lǣddan þâ lêode lâðne gewinnan
     tô carcerne ; hê wæs Criste swâ þêah
     lêof on môde ; him wæs lêoht sefa
1250 hâlig heortan nêh hige untyddre.
     Þâ se hâlga wæs under heolstorscûwan,
     eorl ellenheard. ondlange niht
     searoþancum beseted. Snâw corðan band
     wintergeworpum : weder côledon
1255 heardum hægelscûrum ; swylce hrîm ond forst,
     hâre hildstapan, hæleða êðel
     lucon, lêoda gesetu ; land wêron frêorig
     cealdum cŷlegicelum, clang wæteres þrym ;
     ofer êastrêamas îs brycgade
1260 blǣce brimrâde. Blîðheort wunode
     eorl unforcûð elnes gemyndig,
     þrist ond þrohtheard in þêanêdum
     wintercealdan niht ; nô on gewitte blon
     âcol for þŷ egesan, þæs þe hê ær ongann,
1265 þæt hê â dômlîcôst dryhten herede,
     weorðade wordum, oðþæt wuldres gim
     heofontorht onhlâd. Þâ côm hæleða þrêat
     tô þǣre dimman ding, duguð unlytel,
     wadan wælgîfre weorodes brehtme.

1247. Gm. and K. lǣddon.
1250. Ms. hige untyddre, Gm., Gn., and K. hyge, Gn. untydre.
1251. Ms. A. SA stood originally in the Ms., but S has been erased.
1255. ¹Gn. swylc, ²Gn. swylce.
1256. Gn. hlið-? hǣð-?
1260. K. blâce.
1264–65. Over y in þŷ and again in dryhten worm-hole. Gm. âcôl (*alsit*), Gn. and Ettm. acol, K. âcôl (*in fear*).
1267. Ms. and Ettm. **heofon torht**. After þreat letter erased.

XXII. Persecutions Continued. –Reviled by the Devil.

1270 Héton ût hræðe æðeling lædan
in wráðra geweald, wærfæstne hæleð.
Þá wæs eft swá ær ondlangne dæg
swungen sárslegum ; swát ýðum wéoll
þurh báncofan, blód lifrum swealg
1275 hátan heolfre ; hrá weorces ne sann
wundum wérig. Þá cwóm wópes hring
þurh þæs beornes bréost blát útfaran,
wéoll waðuman stréam ond hé worde cwæð :
" Geseoh nû dryhten god drohtað mínne,
1280 weoruda willgeofa. Þû wást ond const
ânra gehwylces earfeðsíðas.
Ic gelýfe tó þé, mín liffruma,
þæt þú mildheort mé for þínum mægenspédum,
nerigend fira, næfre wille,
1285 éce ælmihtig, ânforlétan ;
swá ic þæt gefremme, þenden feorh leofað
mín on moldan, þæt ic, meotud, þínum
lárum léofwendum lyt geswíce.
Þú eart gescylded wið sceaðan wæpnum,
1290 éce éadfruma, eallum þínum :
ne lét nû bysmrian banan manncynnes,
fácnes frumbearn, þurh féondes cræft
leahtrum beleegan þá þín lof berað."
Þá þær ætýwde se atola gást,
1295 wráð wærloga ; wîgend lærde
for þám heremægene helle dîoful

1272. Ms. 7langne.
1284. Ms. welle?
1288. After y in lyt rasure.
1289. Ms. gescylded, Gim., Gn., and K. gescyldend.
1291. Gm. and K. man-.

âwerged in wîtum, ond þæt word geewæð:
" Slêað synnigne ofer seolfes mûð,
folces gewinnan, nû tô feala reordað."
1300 Þâ wæs orlege eft onhrêred
niwan stefne, nîð upp ârâs
ôðþæt sunne gewât tô sete glîdan
under niflan næs; niht helmade,
brûnwann oferbrâd beorgas stêape,
1305 ond se hâlga wæs tô hofe lǽded
dêop ond dômgeorn in þæt dimme ræced;
sceal þonne in nêadeôfan nihtlangne fyrst
wǽrfæst wunian wic unsýfre.
Þâ côm seofona sum tô sele geongan
1310 atol ǽglǽca yfela gemyndig,
morðres mânfrêa myrce gescyrded,
dêoful dêadrêow dugnðum berêafod.
Ongan þâ þâm hâlgan hospword sprecan;
" Hwæt hogodest þû, Andreas, hidercyme þinne
1315 on wrâðra geweald? Hwæt is wuldor þîn,
þe þû oferhigdum upp ârǽrdest,
þâ þû goda ûssa gilp gehnǽgdest?
Hafast nû þê ânum eall getihhad
land ond lêode, swâ dyde lâreow þîn.
1320 Cyneþrym âhôf, þâm wæs Crist nama,
ofer middangeard, þynden hit meahte swâ;

1297. Gm. and K. âwêrged.
1304. Ms. brun, Gm., and K. brûn wann.
1305. K. and, Ms. Ond.
1306. Ms. deop, Gm., Gn., and K. deór. After o in deop, after ofer (1304), and again over hider- (1314) hole in parchment.
1307. Gn. sceolde, Ms. sceal þon.
1313. Ms. þa þam, Gm. and K. tô þam.
1315. Gn. (foot-note) hwǽr?
1316. Gm. and K. -hygdum.
1317. Gn. (foot-note) gild? (cf. Jul. 146)
1321. Gn. þenden.

þone Herodes ealdre besnyðede,
foreðm æt campe cyning Iûdêa,
rices berædde, ond hine rôde befealg,
1325 þæt hê on gealgan his gâst onsende.
    Swâ ic nû bebêode bearnum mînum,
þegnum þryðfullum, þæt hie þê hnægen
gingran æt gûðe. Lætað gâres ord,
earh âttre gemæl, ingedûfan
1330 in fæges ferð; gâð fromlice,
þæt gê guðfrecan gylp forbêgan."

XXIII. The Fiends Baffled.

Hie wæron rêowe, ræsdon on sôna
gifrum grâpum; hine god forstôd
staðulfæst stêorend þurh his strangan miht.
1335 Syððan hie onenêowon Cristes rôde
mære tâcen, wurdon hie þâ âcle
on þâm onfenge, forhte, âfærde ond on flêam numen.
Ongan eft swâ ær eald genîðla,
helle hæftling, hearmlêoð galan:
1340 "Hwæt wearð êow swâ rôfum, rincas mîne,
lindgesteallan, þæt êow swâ lyt gespêow?"
Hearmsceapen âgef ondsware,
fâh fyrnsceaða, ond his fæder onewað:

1322. Gn. Erodes.
1327. Ms. hnægen, Gm. and K. hnægon, Gn. hnægan.
1329. K. ættre.
1331. Ms. -frecan, Gm., Gn., and K. -freân.
1335. Gm. and K. siððan; Ms. rade, Gm., Gn., and K. rôde. Gn.
"on his mægwlite Ms. is left out by Grimm and Kemble"; but
these words are not in Ms.
1337. Gm. and K. omit âfærde.
1338. Gn. inserts þâ after ongan; not in Ms.
1342. Ms. hearm-, Gm., Gn., and K. carm-; Ms. 7sware.

" Ne magan wê him lungre lâð ætfæstan,
1345 swilt þurh searwe ; gâ þe sylfa tô,
þæ̂r þû gegninga gûðe findest,
frêcne feohtan, gif þû furður dearst
tô þâm ânhagan aldre genêðan.
Wê þê magon êaðe, eorla lêofost,
1350 æt þâm secgplegan sêlre gelæ̂ran,
æ̂r þû gegninga gûðe fremme,
wîges wôman ; weald, hû þê sæ̂le
æt þâm gegnslege. Utan gangan eft,
þæt wê bysmrigen bendum fæstne,
1355 ôðwîtan him his wræcsîð ; habbað word gearu
wið þâm æglæ̂can eall getrahtod ! "
Þâ hlêoðrade hlûdan stefne
wîtum bewæ̂led, ond þæt word geewæð :
" Þû þê, Andreas, âclæ̂ccræftum
1360 lange feredes ; hwæt þû lêoda feala
forleolce ond forlæ̂rdest. Nû leng ne miht
gewealdan þŷ weorce ; þê synd wîtu þæs grim
weotud be gewyrhtum. Þû scealt wêrigmôd,
hêan, hrôðra lêas, hearm þrôwigan,
1365 sâre swyltewale. Secgas mîne
tô þâm gûðplegan gearwe sindon,
þâ þe æ̂ninga ellenweorcum
unfyrn faca feorh ætþringan.

1344. Gm. and K. magon.
1345. Gm. and K. swylt.
1348. Ms. — aN : ⁓ WE ĐE.
1351. K. geninga ; Ms. fremͤe.
1352. Gm. and K. þu, Ms. and Gn. hu.
1353. Ms. Vtan, Gn. Utan, Gm. and K. uton.
1355. Gm. and K. ôðwiton.
1359. Gn. ag-.
1361. After leng a line vacant without cause.
1362. Gm., Gn., and K. sind.
1368. Ms., Gm., and K. fâca.

Hwyle is þæs mihtig ofer middangeard,
1370 þæt hê þê âlŷse of leoðubendum
manna cynnes ofer mîne êst?"
Him þâ Andreas âgef ondsware:
" Hwæt mê êaðe ælmihtig god,
niða neregend, sê þe in mêdum iu
1375 gefæstnode fŷrnum clommum,
þær þû syððan â susle gebunden,
in wræc wunne, wuldres blunne,
syððan þû forhogodes heofoncyninges word.
Þær wæs ŷfles ôr, ende nêfre
1380 þînes wræces weorðeð. Þû scealt widan feorh
êcan þîne yrmðu: þê bið â symble
of dæge on dæg drohtað strengra."
Þâ wearð on flêame sê þe þâ fæhðo iu
wið god gêara grimme gefremede.

XXIV. Andrew's Lament. — The Comfort.

1385 Côm þâ on uhtan mid ærdæge
hæðenra hlôð hâliges nêosan
lêoda weornde; hêton lædan ût
þrohtheardne þegn þriddan sîðe;
woldon âninga ellenrôfes
1390 môd gemyltan; hit ne mihte swâ.
Þâ wæs niowinga nîð onhrêred

1373. Gn. Hwæt! me eáðe [geseildeð].
1374. Ms. medum, Gm., Gn., and K. niédum.
1376 and 1378. Gm. and K. siðöan.
1377. Gn. wræce!
1380. K. wiðan, misprint !
1382. d in dæge corrected from ð
1383. K. fæðo.
1384. Gn. wid, Ms. wið.
1390. Gm., Gn., and K. gemiltan.
1391. Gm., Gn., and K. neowinga.

heard ond hetegrim. Wæs se hâlga wer
sâre geswungen. scarwum gebunden,
dolgbennum þurhdrifen, þendon dæg lîhte.

1395 Ongan þâ gêomormôd tô gode cleopian
heard of hæfte hâlgan stefne,
wêop wêrigferð ond þæt word gecwæð:
" Næfre ic gefêrde mid frêan willan
under heofonhwealfe heardran drohtnoð,

1400 þær ic dryhtnes æ̂ dêman sceolde.
Sint mê leoð tôlocen, lîc sâre gebrocen,
bânhûs blôdfâg. þenna weallað
seonodolg swâtige. Hwæt þû sigora weard,
dryhten hælend, on dæges tîde

1405 mid Iûdêum gêomor wurde,
þâ þû of gealgan, god lifigende
fyrnweorca frêa, tô fæder cleopodest,
cininga wuldor, ond cwæ̂de þus:
' Ic þê, fæder engla, frignan wille,

1410 lîfes lêohtfruma, hwæt forlætest þû mê?'
Ond ic nu þrŷ dagas þolian sceolde
wælgrim wîtu? Bidde ic, weoroda god,
þæt ic gâst mînne âgifan môte,
sâwla symbelgifa, on þînes sylfes hand.

1415 Þû þæt gehête þurh þîn hâlig word,
þâ þû ûs twelfe trymman ongunne,
þæt ûs heterôfra hild ne gesceôde,

1392. K. on hete. grim, Gm. ond hete, grim, [1] Gn. ond hête
O.S. hôti, [2] Gn. heard ond hetegrim: wæs se, etc., Ms. heard ond
hete grim wæs se halga wer, etc., grim beginning a new line.

1394. Gm. and K. lŷhte; K. þenden.

1397. Ms. werig [ferð] ond.

1402. Gm. and Gn. benne.

1403. Ms. seono dolg swatige, Gn. seonodolg swâtige, Gm. and
K. seono dolgswâtige.

1408. Gm., Gn., and K. cyninga.

1417. Gm. and Gn. as Ms. gesceolde.

ne líces dǽl lungre ôðþéoded,
ne synu ne bán on swaðe lágon,
1420 ne loc of héafde tô forlore wurde,
gif wê þíne láre lǽstan woldon.
Nû sint sionwe toslowen, is mín swât âprowen,
licgað æfter lande loccas tôdrifene
fex on foldan.   Is mé feorhgedâl
1425 léofre mycle þonne þéos lífcearo."
Him þâ stefn oncwæð stíðhycgendum
wuldorcyninges word hléoðrode:
" Ne wêp þone wræcsîð, wine léofesta ;
nis þê tô frêcne.   Ic þê fríðe healde
1430 mínre mundbyrde, mægene besette.
Mê is miht ofer eall,
sigorspêd, gesceald.   Sôð þæt gecýðeð
mænig æt meðle on þâm myclan dæge,
þæt þæt geweorðeð, þæt þéos wlitige gesceaft,
1435 heofon ond eorðe, hréosað tôgadore,
ǽr âwǽged síe worda ǽnig
þe ic þurh mínne mûð meðlan onginne.
Geseoh nû seolfes swæðe, swâ þin swât âgêt
þurh bângebrec blôdige stîge,
1440 líclǽlan.   Nô þê lâðes mâ
þurh daroða gedrep gedôn môtan,

1418. Gm. (note) ôðeóde.
1419. Gm. and K. sinu.
1422. Ms. toslowen, aðrowen, K. âðroven, Gm. tôslopen, âdro-
pen, Ettm. tôslaven, âþraven.
1425. Gm. and K. micle.
1427. Ms. hloðrode.
1431. Gm. and K. leave space for one or two words; Gn. [geond
middangeard].   There is no gap in Ms.
1433. Gm. and K. mielan.
1438. Gm. and K. agcát.
1440. ¹Gn., Gm., and K. líclǽlan, Ms. and ²Gn. líc lǽlan.
1441. Gm. and K. môton.

þâ þe heardra mǽst hearma gefremedan."
þâ on lâst beseah léoflîc cempa
æfter wordcwidum wuldorcyninges;
1445 geseh hê geblôwene bearwas standan
blǽdum gehrodene, swâ hê ǽr his blôd âgêt.
þâ worde cwæð wîgendra hléo:
" Sie þê þanc ond lof, þeoda waldend,
tô wîdan feore wuldor on heofonum,
1450 þæs þû mê on sâre, sigedryhten mîn,
ellþeodigne âu ne forlête."
Swâ se dǽdfruma dryhten herede
hâlgan stefne, ôð þæt hâdor sægl
wuldortorht gewât under wâðu scrîðan.

XXV. God's Visit. — Miraculous Cure.

1455 þâ þâ folctogan fêorðan sîðe,
egle ondsacan, æðeling lǽddon
tô þâm carcerne; woldon cræfta gehygd
magorǽdendes môd oncyrran
on þǽre deorcan niht. þâ côm dryhten god
1460 in þæt hlînræced, hæleða wuldor,
ond þâ wine sînne wordum grêtte
ond frôfre geewæð; fæder manncynnes,
lîfes lâreow, heht his lîchoman
hâles brûcan: " Ne scealt þû in hênðum â leng

1442. Gm. and K. **gefremedon.**
1446. Gm. and K. **âgeât.**
1451. Ms. **-lǽte,** Gm., Gn., and K. **-lête.**
1454. Ms. and Gm. **waðu,** Gn. **wadu,** (foot-note) **waðum?** K. omits it.
1459. K. omits Ms. **gôd.**
1461. Ms. **synne,** Gm., Gn., and K. **sînne.**
1462. Gm. and K. **man-.**
1464. Gm. and K. **hendum.**

1465 searohæbbendra sâr þrôwian."
      Ârâs þâ mægene rôf, sægde meotude þanc
      hâl of hæfte heardra wîta :
      næs him gewemmed wlite ne wlôh of hrægle
      lungre âlŷsed. ne loc of hêafde.
1470 ne bân gebrocen, ne blôdig wund
      lîcgelenge ne lâðes dæl
      þurh dolgslege drêore bestêmed ;
      ac wæs eft swâ ær þurh þâ æðelan miht
      lof lædende, ond on his lice trum.

XXVI. The Poet's Self-Depreciation. — Renewal of the Story. — A Miracle.

1475 Hwæt! ic hwîle nû hâliges lâre,
      lêoðgiddinga lof þæs þe worhte,
      wordum wêmde, — wyrd undyrne
      ofer mîn gemet.   Mycel is tô secganne,
      langsum leornung. þæt hê in life âdrêag
1480 eall æfter orde.   Þæt scell æglêwra
      mann on moldan. þonne ic me tælige,
      findan on ferðe. þæt fram fruman cunne
      eall þâ earfeðo þe hê mid elne âdrêah,
      grimra gûða.   Hwæðre git sceolon

  1465. Ms. sâs. Gm., Gn., and K. sâr.
  1469. Ms. alysde.
  1471. Ms. lie gelenge, Gm. lîce gelenge, Gn. lîce lenge, K. lîcge-
lenge.
  1474. Between 7 and on a letter erased.
  1475. Ms. Hæt, Gm., Gn., and K. Hwæt.
  1476. Gm. and K. þæs þe   *because*.
  1477. Gm. and K. wemde   *spoiled*, Gn. wêmde   *announced*.
  1478. Gm. and K. micel.
  1480. Gm. and K. æglêáwra.
  1481. þon.
  1484. grim- on rasure.   K. sceal on lytlum, Ms. sceolon.

1485 lytlum sticcum lêoðworda dæl
 furður reccan. Þæt is fyrnsægen,
 hû hê weorna feala wîta gepolode
 heardra hilda in þære hæðenan byrig.
 Hê be wealle geseah wundrum fæstne
1490 under sælwange speras unlytle,
 stapulas, standan storme bedrifene,
 cald enta geweorc. Hê wið ânne þæra
 mihtig ond môdrôf mæðel gehêde
 wîs wundrum glêaw. word stunde âhôf :
1495 "Gehêr þû marmanstân meotudes rædum,
 fore þæs onsŷne ealle gesceafte
 forhte geweorðað. þonne hîe fæder gesêoð
 heofonas ond eorðan herigea mæste
 on middangeard mancynn sêcan !
1500 Lêt nû of þînum staðole strêamas weallan,
 êa inflêde ; nû þê ælmihtig
 hâteð heofona cyning, þæt þû hrædlîce
 on þis fræte folc forð onsende
 wæter wîdrynig tô wera cwealme,
1505 geofon gêotende. Hwæt þû golde eart
 sincgife sýlla ; on þê sylf cyning
 wrât, wuldres god wordum cŷðde
 recene geryno, ond ryhte æ
 getâcnode on tŷn wordum

1486. Gm., [1] Gn., and K. fyrn sægen, [2] Gn. fyrnsægen.
1487. Ms. geðolede ?
1489. Ms. gseah ; Ms. fæstne, Gm., Gn., and K. fæste.
1490. Ms. speras, Gm., Gn., and K. sweras ; Gn. sælwage, Ms. and K. sælwange, Gm. sæl-.
1492. K. ænne.
1493. Ms. mod rofe, Gm., Gn., and K. môdrôf.
1501. Ms., Gm., and K. eá in flêde, Gn. eá inflêde.
1504. Ms. wid rynig, K. widrineg.
1505. Ms. and Gm. heofon. Gn. and K. geofon ; [2] Gn. hwæt! þu, etc.
1508. Gm. and K. rihte.

1510 meotud mihtum swið, Moyse scalde,
　　　swâ hit sôðfæste syððan héoldon
　　　môdige magoþegnas, mâgas sîne,
　　　godfyrhte guman Iosua and Tobias.
　　　Nû þû miht geenâwan, þæt þê cyning engla
1515 gefrætwode furður micle
　　　giofum gêardagum þonne eall gimma cynn.
　　　Þurh his hâlige hæs þû scealt hræðe cŷðan,
　　　gif þû his ondgitan ænige hæbbe."

XXVII. Effects of the Miracles. — The People Implore Help and Andrew Rescues Them.

　　　Næs þâ wordlatu wihte þon mâre,
1520 þæt se stân tôgân ; strêam ût âwêoll,
　　　flêow ofer foldan ; fâmige walcan
　　　mid ærdæge eorðan þehton,
　　　myclade mereflôd ; meodu scerpen wearð
　　　æfter symbeldæge ; slæpe tôbrugdon
1525 scaruhæbbende. Sund grunde onfeng
　　　dêope gedrêfed ; duguð wearð âfyrhted
　　　þurh þæs flôdes fær, fæge swulton
　　　geonge on geofene, gûðrês fornam
　　　þurh sealtes swêg. Þæt wæs sorgbyrðen,
1530 biter bêorþegu ; byrlas ne gældon
　　　ombehtþegnas ; þær wæs ælcum genôg
　　　fram dæges orde drync sôna gearu.

1511. Gm. and K. **siððan**. Thereafter rasure. Gm. and K. **micle**.
1513. Ms. **iosan**.
1523. Gm. and K. **miclade** ; Ms. and K. **scerpen**, Gm. and Gn.
scerwen ; Gn. (foot-note) **meodu-scerwen**, *Methvergentuny?*
1524. Ms. **to brogdon(?)** [searu] **hæbbende**.
1529. Ms., Gm., and K. **scealtes**, Ettm. and Gn. **sealtes**.
1530. K. **beorþegn**.
1531. After **ælcum** a small spot.

Wêox wæteres þrym ; weras cwânedon,
calde æscberend, wæs him ût myne
1535 flêon fealone strêam, woldon feore beorgan,
tô dûnscræfum drohtað sêcan
eorðan andwist. Him þæt engel forstôd,
sê þâ burh oferbrægd blâcan lige,
hâtan heaðowælme ; hrêoh wæs þær inne
1540 bêatende brim, ne mihte beorna hlôð
of þâm fæstenne flêame spôwan.
Wægas wêoxon, wadu hlynsodon,
flugon fŷrgnâstas, flôd ŷðum wêoll.
Þær wæs ŷðfynde innan burgum
1545 gêomorgidd wrecen gehðo mænan,
forht ferð manig fûslêoð galen.
Egeslîc æled êagsŷne wearð,
heardlîc heretêam, hlêoðor gryrelîc ;
þurh lyftgelâc lêges blæstas
1550 weallas ymbwurpon, wæter mycladon.
Þær wæs wôp wera wîde gehŷred,
earmlîc ylda gedræg. Þâ þær ân ongann
fêasceaft hæleð folc gadorigean,
hêan, hygegêomor, hêofende spræc :
1555 " Nû gê magon sylfe sôð gecnâwan,
þæt wê mid unrihte ellpêodigne

1534. Ms. ut-, [2] Gn. and K. ûtmyne, Gm. and [1] Gn. ût myne.
1536. K. drohtoð.
1537. Ms. 7wist, Gn. and K. andwist, Gm. and wist, Ettm.
onwist. Upon *ng* in engel a brown spot.
1538. Gm. and K. lŷge.
1539. Gm. and K. heaðowealme.
1542. Ms. and K. wadu, Gm. and Gn. as Ms. wudu.
1544. Ms. Innan, Gm. and Gn. as Ms. hinan.
1548. Ms. gryrelic, K. grynelic.
1549. Gm. and [1] Gn. blæstas, [2] Gn. and K. blæstas.
1550. Gn. (foot-note) ymbhwurfon ? Gm. and K. micladon.

on carcerne clommum belegdon,
wîtebendum ; ûs sêo Wyrd seyðeð
heard ond hetegrim.   Þæt is swâ cûð,
1560 is hit myccle sêlre, þæs þe ic sôð talige,
þæt wê hine âlýsan of leoðobendum,
ealle ânmôde. (ôfost is sêlôst.)
ond ûs þone hâlgan helpe biddan,
gêoce ond frôfre.   Ûs bið gearu sôna
1565 sybb æfter sorge, gif wê sêcað tô him."
Þâ þêr Andrea orgete wearð
on fyrhðlocan folces gebêro,
þêr wæs môdigra forbêged
wîgendra þrym.   Wæter faðmedon,
1570 flêow firgendstrêam, flôd wæs on luste,
ôð þæt brêost oferstâg brim weallende
eorlum ôð exle.   Þâ se æðeling hêt
strêamfare stillan, stormas restan
ymb stânhleoðu.   Stôp ût hræðe
1575 cêne collenferð, carcern âgeaf,
glêawmôd gode lêof ; him wæs gearu sôna
þurh strêamræce strêt gerŷmed ;
smeolt wæs se sigewang, symble wæs drŷge
folde fram flode, swâ his fôt gestôp.

1559. Gm. and K. leave a gap, Gn. þæt is [her].   No gap in Ms.
1560. Gm. and K. micle.
1565. Gm. and K. sibb.
1566. K. ongete.
1568. Gm., Gn., and K. insert mægen after môdigra ; no vacant space in Ms. ; Gn. (foot-note) þæt wæs ?
1574. Ms. ymbe.
1575. Ms. carcern, Gm. and K. carcerne.
1576. Gm., Gn., and K. insert wæs, not in Ms.
1578. Between symble and wæs gap without rasure.

XXVIII. Their Joy. — They Recognize Andrew as the Messenger of the King of All Creatures.

1580 Wurdon burgware blîðe on môde,
ferhðgefêonde. Þâ wæs forðcumen
gêoc æfter gyrne, heofon swaðrode ;
þurh hâliges hæs hlyst ŷst forgeaf,
brimrâd gebâd. Þâ se beorg tôhlâd,

1585 eorðseræf egeslîc, ond þær in forlêt
flôd fæðmian, fealewe wêgas,
gêotende gegrind grund call forswealg.
Nalas hê þær ŷðe âne bisenete,
ach þæs weorodes êac þâ wyrrestan

1590 fâ folescceaðan fêowertŷne
gewiton mid þŷ wêge in forwyrd sceacan
under eorðan grund. Þâ wearð âcolmôd
forht ferð manig folces on lâste,
wêndan hîe ond wera cwealmes

1595 þearlra geþinga | râge hnâgran,
syððan mâne fâ morðorscyldige
gûðgelâcan under grund hruron.
Hîe þâ ânmôde ealle ewædon :
'' Nû is gesŷne, þæt þe sôð meotud

1581. Gm. and Gn. ferhð' gefeónde.

1582. Ms. heofon, Gm., Gn., and K. geofon.

1589. Ms. ach, K. ah ; Ms. weorodes, Gm., Gn., and K. weorudes.

1590. Ms. fââ.

1592. Ms. eorðan, K. corðgrund.

1594. Ms. wendan, Gm. and K. -on. After 7 no gap, Ettm. and Gn. [wîfa].

1595. Between þearlra and geþinga a leaf of the Ms. has been cut out. K. þrægc.

1596. Gm. and K. siððan ; Ms. fâa.

1598. Ms. Hⁱe.

1600 cyning eallwihta cræftum wealdeð,
      sê þisne âr hider onsende
      þêodum tô helpe. Is nû þearf mycel,
      þæt wê gumcystum georne hŷran."
      Þâ se hâlga ongann hæleð blissigean,
1605 wîgendra þrêat wordum rêtan :
      " Ne bêoð gê tô forhte, þêh þe fell curen
      synnigra cynn, swylt þrôwode
      wîtu be gewyrtum ; êow is wuldres lêoht
      torht outŷned, gif gê teala hycgað."

XXIX. Through Andrew's Prayer the Drowned are restored to Life.— They receive Baptism and God's Law. — Their First Bishop.

1610 Sende þâ his bêne fore bearn godes,
      bæd hâligne helpe gefremman
      gumena geogoðe, þe on geofene ær
      þurh flôdes fæðm feorh gesealdon,
      þæt þâ gâstas gode orfeorme
1615 in wîta forwyrd wuldre bescyrede
      in fêonda geweald gefêred wurdan.
      Þâ þæt ærende ealwealdan gode
      æfter hlêoðorcwidum hâliges gâstes
      wæs on þane sprecen, þêoda ræswum ;
1620 hêt þâ onsunde ealle ârîsan
      geonge of grêote, þâ ær geofon cwealde.

1601. Gn. hider [êste], foot-note **hider on sende ?**
1602. Gm. and K. **micel**
1603. ¹Gn. **gym-**, ²Gn. **gumcystum.**
1608. K. **gewyrtum.**
1615. Gn. (foot-note) [ne] **in ?**
1616. ²Gn. **gefered.**
1619. Ms. **ræswum**, Gm., Gn., and K **ræswan.**

þá þér ófostlíce upp ástódon
manige on meðle míne gefrége
eaforan unweaxne ; þá wæs eall eador
1625 leoðolíc ond gástlíc, þeah híe lungre ér
þurh flódes fér feorh áléton :
onfengon fulwihte ond freoðuwére
wuldres wedde wítum áspédde,
mundbyrd meotudes.   Þá se módiga hét
1630 cyninges cræftiga ciriccan getimbran,
gerwan godes tempel, þér sío geogoð árás
þurh fæder fulwiht ond se flód onsprang.
Þá gesamnodon secga þréate
weras geond þá winburg wíde ond síde,
1635 eorlas ánmóde, ond hira idesa mid :
cwédon, holdlíce hýran woldon,
onfón fromlíce fullwihtes bæð
dryhtne tó willan ond díofolgild,
ealde eolhstedas, ánforlétan.
1640 Þá wæs mid þý folce fulwiht hæfen
æðele mid eorlum ond éu godes
riht áréred, réd on lande
mid þám ceasterwarum, cirice gehálgod.
Þér se ár godes ánne gesette
1645 wisfæstne wer wordes gléawne
in þére beorhtan byrig bisceop þám léodum,
ond gehálgode fore þám heremægene

1624. K. geador.
1630. Ms. and Gm. cræftiga, K. -gra, Gn. -gan ?
1632. ² Gn. fultum.
1633. K. gesamnadon.
1639. K. ealh-.
1640. After folce f and another letter erased.
1641. Over r in eorlum slight defect in the parchment.
1644. Ms. sio ár.
1645. Ms. wilfæstne ? or rather s with connecting stroke.

þurh apostolhâd Platan nemned
þéodum on þearfe ; ond þriste bebéad.
1650 þæt híe his lâre lêston georne,
feorhræd fremedon.   Sægde his fûsne hige,
þæt hê þá goldburg ofgifan wolde,
seega seledréam ond sincgestréon,
beorht béagselu, ond him brimþisan
1655 æt sæs faroðe sêcan wolde.

ANDREW'S RETURN TO ACHAIA.

Þæt wæs þâm weorode weor tô geþoligenne,
þæt híe se léodfruma leng ne wolde
wihte gewunian.   Þâ him wuldres god
on þâm sîðfæte sylfum ætýwde
1660 ond þæt word geewæð weoruda dryhten :
" Fole of firenum (is him fûs hyge)
gâð géomriende, geohðo mænað
weras wîf samod ; hira wôp becôm,
murnende môd, fore sneowan.
1665 Ne scealt þû þæt cowde ânforlætan
on swâ nîowan geféan, ah him naman mînne
on ferðlocan fæste getimbre.

1650. Ms. he his.
1651. Gm. and K. hyge.
1655. Ms. foroðe.
1660. K. weoruda.
1661. Gm., Gn., and K. leave a space of several lines, but there is
no gap in the Ms. Ms. his him.
1663. Ms. hira wop, Gm. and Gn. as Ms. hi sa fop, Gm., Gn., and
K. him þâ wôp.
1664. K. môð.   After this word Gm. and K. leave the space of two
half-lines ; Gn. [nu þu on merebâte wilt ofer flôdas].   There is no
gap in the Ms.
1667. Gm. and K. ferhð-.

Wuna in þære wînbyrig, wîgendra hlêo,
salu sinehroden seofon nihta fyrst;
1670 syððan þû mid mildse minre fêrest."
Þâ eft gewât ôðre sîðe
môdig mægene rôf Marmedonia
ceastre sêcan.   Cristenra wêox
word and wîsdôm, syððan wuldres þegn,
1675 æðelcyninges âr, êagum sâwon.
Lêrde þâ þâ lêode on gelêafan weg,
trymede torhtlîce; tîrêadigra
wenede tô wuldre weorod unmête
tô þâm hâlgan hâm heofona rîces,
1680 þêr fæder ond sunn ond frôfre gâst
in þrînnesse þrymme wealdeð
in woruld worulda wuldorgestealda.
Swylce se hâlga herigeas þrêade,
dêofulgild tôdrâf ond gedwolan fylde.
1685 Þæt wæs satane sâr tô geþolienne,
mycel môdes sorg, þæt hê þâ menigeo geseah
hweorfan higeblîðe fram helltrafum
þurh Andreas êste lâre,
tô fægeran gefêan, þær nêfre fêondes ne bið
1690 gâstes gramhýdiges gang on lande.
Þâ wêron gefylde æfter frêan dôme
dagas on rîme, swâ him dryhten bebêad,
þæt hê þâ wederburg wunian sceolde.
Ongan hine þâ fysan ond tô flôte gyrwan
1695 blyssum hrêmig, wolde on brimþisan

1670 and 1674. Gm. and K. **siððan**.

1672. After **modig** an *e* erased.

1676. Before *l* in **lêrde** slight defect in the parchment.

1677. Gn. **tîr eâdigra**.

1681. Gn. **þrînesse**, Ms., Gm., and K. **þrinnesse**.

1686. Gm. and K. **micel**.

1687. Gm. and K. **hyge-**.

Achaie ôðre sîðe
sylfa gesêcan, þær hê sâwulgedâl,
beaducwealm, gebâd.   Þæt þâm banan ne wearð
hleahtre behworfen, ah in helle ceafl

1700 sîð âsette ond syððan nô
fâh, frêonda lêas, frôfre benohte.
Þâ ic lêdan gefrægn lêoda weorode
lêofne lârcow tô lîdes stefnan
mæcgas môdgêomre ; þær manegum wæs

1705 hât æt heortan hyge weallende.
Hîe þâ gebrôhton æt brimes næsse
on wægþele wîgan unslâwne ;
stôdon him þâ on ôfre æfter rêotan,
þendon hîe on ŷðum æðelinga wunn

1710 ofer seolhwâðu gesêon mihton,
ond þâ weorðedon wuldres âgend,
cleopodon on corðre, ond cwæðon þus :
" Ân is êce god eallra gesceafta,
is his miht ond his æht ofer middangeard

1715 brême gebledsod, ond his blæd ofer eall
in heofonþrymme hâlgum scîneð
wlitîge on wuldre tô wîdan ealdre,
êce mid englum.   Þæt is æðele cyning ! "

1696. Ms. âchaie, ²Gn. and K. Achaie, Gm. âc hâle, ¹Gn. Achaia.
1699. K. hleafre.
1700. Ms. 7 syð (hole in parchment) no, Gm. and K. sîð nô, Gn.
syððan nô.
1709. Gm. wynn.
1710. Gn. (foot-note) -paðu ?
1711. Ms. weorþedon, Gm., Gn., and K. -odon.
1712. Gm. and Gn. as Ms. cwæðon.
1715. Ms. ond.

CRITICAL NOTES.

CRITICAL NOTES.

By following the Ms. as closely as possible this edition of Andreas has six lines less than Grein's. Then there are a few words that the editor interprets differently from the other editors. Hence, it was thought best to place all such matters under this head. Difficult or peculiar passages will be translated in the Glossary.

LINE

28. þâra þe . . . sôhte. "As Kemble has already shown (B. 4762), þâra þe (*eorum qui*) is generally followed by the sg." Grimm. *Cf.* 379, 1150; El. 1226; B. 997, etc. The pl. is likewise found: B. 98, 786; Dan. 64; El. 971, etc.

64. hû mê elþêodige . . . sêoðað, *how for me these strangers are devising a chain of mischief, a net of snares.* sêoðað: literally this word means to *seethe, boil.* It is used figuratively twice in Beowulf, where it means *to be excited over, brood, pine,* B. 190, 1994. In sârbennum soden, 1237, it comes nearer the original meaning.

301. Næbbe ic fæced gold . . . swâ þû worde beewist, *I have no acquired gold nor rich treasure, wealth of land nor abundance of locked rings nor joints of wire, that I may whet thy desire, thy will in the world, as thou with word sayest.* Grimm translates næbbe ic fæced, *non attuli*; but this construction would not suit the rest of the passage. fæced I take to be, not from fecean, fæccan, but from facian; *cf.* facade, Oros. 3, 11; Bos. 75, 28.

361. gehladenne. In B. 38, of which passage this is an imitation, we have the infinitive, gegyrwan. This construction is not found in Beowulf, nor elsewhere in the poetry, so far as I know. For the usual construction, see 1174, March, § 449 (*a*).

375. wǣdo gewætte, *the wet weeds* (*sails*); *wet with waters,* Kemble; *waves swelled,* Grein; *replebatur aquis, vadum madefiebat,* Grimm; wǣdo gewætte is in apposition with strengas. For the conception, *cf.* þâ wæs be mæste merehrægla sum, segl sâle fæst, B. 1906. wǣdo

seems to have here its original meaning, namely, *something which is wound or wrapped round; cf.* Shaks. Mids. N. D., II. 1, 256, "*weed* wide enough to *wrap* a fairy in"; see Skeat's Etym. Dict. under "weed" (2). Further *cf.* Swed. wâd, *cloth of the sail.* For the form **gewætte**, see Cook's Sievers' Grammar of Old English, § 406.

496. **bêataꝹ**, 3d sg. pres. For other examples in -aꝹ, see **þrêataꝹ**, 520, **gangaꝹ**, 890. See Cook's Sievers' Old Eng. Gram. § 358.

742. **Septe sacerdas**, etc., *It made the priests perceive through manifest tokens*, etc. **septe** has heretofore been left unexplained; Grimm, Grein, and Kemble changed it to **sewte**; Zupitza recognized the correct form, namely, **septe** El. 530, **septon** Dan. 446 (though Hunt retains **sewton**), and **septe** in this place —; but left them in doubt. He could not decide between **seppan** (mit sæp zusammen hängend??) and **sêpan**. See his edition of Elene, p. xi. **seppan** is a denominative verb, akin to **sæp**, root *sapa, Goth. *sapjan, O.H.G. sewen, seppen, M.H.G. seben "wahrnehmen." See Kluge's Etym. W'b'h. 280, under "Saft"; Skeat's etymology of **sap** seems to be totally false. **seppan** is perhaps akin to **sapio**. Kluge leads up to **seppan**, but does not seem to have known this word.

819. **þus Andreas ... berede ... hâliges lâre**, *Thus Andrew the livelong day made known in lofty words the teaching of the Holy One.* **berian** (a denominative from **bær**) means literally *to make bare; cf.* **bene-þelu beredon**, B. 1240; **þâ þe mê for werode wîsdôm bereꝹ**, *who to me make a show of wisdom before the people*, Dan. 142. Further *cf.* **âbarian**, **barenian**.

827–29. Kemble leaves a vacant space of two half-lines, Grimm of one, Grein prints thus:—

> þurh lyft gelâc on land becwom
> tô þære ceastre, þe him cyning engla
> [in Achaia ær getâcnode].
> [Gewiton] þâ þâ aras [eft] siꝹigean
> eádige on upweg éꝹles neósan,

lêton, etc. But, as there is no gap in the Ms., it is perhaps better to arrange this passage as it is found in the text. I would translate thus: *Through motion through the air he came into the land, to the city, from which then the king of the angels arose to go away from him in blessedness on the upway, to visit his native seat. They left the holy man*, etc. **siꝹigean**, inf. of purpose, *cf.* **gewât þâ neôsian**, B. 115; **sende bodian**, Bed. 3, 22; **him** is in the dat. with **siꝹigean**, see March's Anglo-Saxon Grammar, § 301 (b).

997. **herede . . . gôd, dryhtendôm,** *praised on high the goodness of heaven's King, his dominion.* See l. 998 (textual notes) for other readings.

1036. **þær hê nænige forlêt . . . forhte gefreoðode,** *There he left none under the city locks with wounds in the fastness (prison), where of women there yet, in addition to the troop (of men) (besides the men), he freed from fear fifty wanting one.* **þe** before **fîftig** seems to be superfluous; **nænige** is acc. pl.; **fæstne** occurs again, 1489; *cf.* gen. pl. **fæstna,** Dan. 692; **fæstenne** occurs three times, 1033, 1066, 1175. Here Grimm and Kemble leave several gaps. Grein prints this passage thus:—

> swylce feówertig [eác feorcundra]
> generede fram niðe : þær he nænigne forlêt
> under burglocan bendum fæstne,
> ond þær wifa þâ gyt weorodes tó eácan
> ânes wana ealra fîftig
> forhte gefreoðode.

1076. **unhýðige,** *contristatus,* Grein; *sad-minded,* Kemble. For different readings, see Textual Notes. **un + hýð + ig : hýð,** *booty;* **hýðan,** *to make booty,* hence *bootyless, without booty.* The idea is repeated in **luste belorene.**

1098. **hwylcne hira . . . sceolde,** etc., *which of them should first,* etc.; *cf.* **gebyrgde þæs gewêox,** Gen. 483. See March, § 384.

1223. **sec = secg** is found twice elsewhere in Mss. See Grein's Glossary, under **secg.**

1475. As Fritzsche has already remarked, there is an evident break in the poem at this place (*Anglia,* Bd. 2, 441, etc.). This, he thinks, might have been due to one of two causes. The poet became indifferent for a while and later finished the poem, or died and another completed his work. At any rate Fritzsche is correct in stating that the language is not so poetic nor the original so closely followed from here on. The translation of the opening lines seem to be as follows: *Lo! I now a while have been setting forth in words the teaching of the Holy One, the praise of the songs of him who wrought them — a fate (an affair, or an allotted task??) unmistakably beyond my power.* See Grimm and Kemble for different conceptions. Grein agrees in part with the above translation; but he renders **wyrd undyrne ofer mîn gemet** *doch weit über meine Kräfte geht das unverborgene Ereignis.*

1489. *He wondrously saw by the wall, by the fortress, at the foot of the hall-plane immense spears, columns, standing storm-driven, the old work of giants.* So I would translate this passage. Grein makes the following changes, fæste (for fæstue), sælwage (for sælwange), sweras (for speras), thus altering the passage very materially. We had this form of fæstue in line 1037; sælwange is a compound like meodo-wang, mead-field (where the mead-hall stood), B. 1644; speras, so far as I am acquainted with the word, is n.; but in the cognate languages it is m. f., cf. Ger. speer m., Icel. spiör f. For a number of words of double gender in Andreas, see Fritzsche's article in the Anglia, Bd. 2, p. 479. As to meaning, cf. speru, long poles to try the depth of the water, Cot. 35, catapultæ, Cot. 15, 189 (Bosworth's Dictionary).

1523. Meodu scerpen wearð, etc. The mead became sharp after the day of feasting; see below, 1530, biter beorþegu. The mead was spilled, Kemble, Grimm retains scerpen in the text, but leans to scerwen in the Notes; Grein has changed the reading to scerwen. This word occurs B. 770, but the editors are still in doubt about it. See Harrison and Sharp's edition of Beowulf, under scerwen. The form scerpen is found in the Ms. I take it as a part. adj.: sharpened, sharp, bitter, sour. e for ea is quite frequent in this poem. Exs.: âgef, 572 (frequently); gesch, 711, werð, 909; mehte, 479, 928; seel, 946; scell, 1180; scerp, 1131, and scerpen. It is from the same root as scearp, sceorfan, O.H.G. screwon, scarbôn, M.H.G. scharben.

1582. hêofon swaðrode, the lamentation ceased. Grimm, Grein, and Kemble have changed the Ms. reading, heofon, to geofon; but these words continue the thought in þâ wæs . . . æfter gyrne. For hêofon, see Exod. 47; hêofon þider becôm (H. Z. xi., 430–31).

1658–64. Grimm, Grein, and Kemble leave a gap or two here. As the Ms. shows no vacant space, I have endeavored to get the following out of this passage : Then to him the God of glory appeared on the journey, and this word spoke the Lord of hosts : " The people in consequence of their evil deeds (their mind is ready (for death?)) go mourning, they lament their grief, men and women together; their weeping goes hastening forth, their mourning mood etc. makes itself heard." For this construction, see þâ côm morgen torht . . . ofer breomo sucowan, 242; þæt hî . . . becôm beorhte blîcan, 788. For becuman in Beowulf, with inf. following, cf. ll. 2366, 2553.